诗的对话集

——诗的本质意境论研究

张炳煊 著

WUHAN UNIVERSITY PRESS
武汉大学出版社

图书在版编目(CIP)数据

诗的对话集:诗的本质意境论研究/张炳煊著.—武汉:武汉大学出版社,2025.2(2025.10重印)

ISBN 978-7-307-24324-8

Ⅰ.诗… Ⅱ.张… Ⅲ.诗歌研究 Ⅳ.I106.2

中国国家版本馆 CIP 数据核字(2024)第 052894 号

责任编辑:黄　殊　　　责任校对:汪欣怡　　　版式设计:马　佳

出版发行:**武汉大学出版社**　(430072　武昌　珞珈山)

(电子邮箱:cbs22@ whu.edu.cn　网址:www.wdp.com.cn)

印刷:湖北云景数字印刷有限公司

开本:720×1000　1/16　印张:15.25　字数:147 千字　插页:1

版次:2025 年 2 月第 1 版　2025 年 10 月第 4 次印刷

ISBN 978-7-307-24324-8　定价:68.00 元

卷 首 语

诗是什么?

诗是作者在情景交融时,以跳跃的意示性语言构成意境来反映生活的一种文学样式。

简言之,诗是以意境反映生活的一种文学样式。

何谓诗的本质?

以文字创造的意境为诗的本质。

没有意境,诗扬不起风帆。

《漳河水》的某些诗句，可以与世界上所有叙事诗中的精彩诗句媲美。

"诗无达诂"之说的错误，在于它违背了诗的本意。

朦胧诗潮为何迅速冷落下来，且看文中分解！

——作者

《诗的对话集》序

——一本很有启发性的诗论

熊礼汇

《诗的对话集》是一部研究诗学的专著。

作者张炳煊先生对文章学素有研究,十余年前（2012 年）出版的《意境、文气的阐释及其他》,讨论诗的文体属性和"文气说"的有关问题,其中便有不少精彩的论述和颇具新意的见解。比如他说文气,就将"为文养气"之"气",与体现文章风格、通过特有外在形式显现出来的"文气"区别开来,说前者是指"作者的精神道德修养、文学修养",而"为文所养之气,不等于就是文气,也不能自动变为文气。文气必须借助于文章的章法、句法以及虚词等的功能、效用才能产生"。"所谓文气,是与文章同时产生、存在之气,是一种高级运动着的物质性形式。其外化,表现为文章的气势和氛围。""文气对文章的风格具有个性化的审美意义。""文气自然流动的动态功能对句子、语词的选择、组合具有辅助作用,在行文中是不可缺少的,一旦缺少,就会使文章失去活力。"即非泛泛之论。尤为难得的是,他由文气论及文脉,依据为文"义脉不流,则偏枯文体"（刘勰语）、语词"藉气而行"（叶爕语）的规律，参照多年编选、处置《写作》、人文社科学报文章的经验，所总结出的一套衡鉴、修改文章的方法，更为独门绝技，非一般学者所能言。

又比如，书中连用三章作《意境"迷宫"探秘答问》，说"意境是诗的最本质的属性"。"没有意境，诗就不成其为诗，或至少不是真诗或好诗，它是区别于其他文体的主要标志"，认为"意境与诗俱生"，否定"意境是作者与读者'共同创造'出来的"说法，而谓"通过对诗体本体的研究，便能找到意境本源"。此亦为自得之见，且对治诗学者不无启发。

十余年后，先生又有《诗的对话集》问世，是书的表述方式和基本内容，皆与前书中的《意境"迷宫"探秘答问》同类，即用设论形式（书中表现为作者与友人对谈）围绕"意境"这个中心话题，展开对诗的本质特征及其美感创造等诸多问题的讨论。可见得先生治学之专以恒，潜心意境研究之深以熟。二书虽具同一性，就其所论诗学意境而言，显然后者论说得更为充分，涉及相关命题更多，而且留给读者思索的空间更大。

读者初读二书，可能会问："先生研究诗学，为何久久耽思意境，一再用对话形式申言诗之意境？"我揣摩先生之用心，他一再用对话形式申言意境，主要是看中主客对话形式的自由灵活，能从多个角度、以多种方式（设论、陈述、辩驳）生动、透彻、通俗地揭示意境之奥秘。而特别专注于意境，将其作为重点讨论对象，则有两个目的：一是从理论上回答究竟什么是诗的文体本质特征的问题，二是替当下诗作由于"没有方向或方向太多"而乱象丛生标举向上之路。因前者于历代诗话、词话及诸多文论的重要观念、术语、范畴多有引证，而于其要义、内涵多加辨析、界定，以扫清众说纷纭之迷雾而巩固其立论的理论基础；后者则既从理论上正本清源以见乱象之大谬不然，又细说新诗佳作名篇之妙以衬显乱象之不可长。

至于为什么从理论上正本清源和涤荡当下诗作中的"乱象"，都要围绕意境作论，则是因为"诗的意境就是诗的本质，诗的本质问题解决了，其他问题就比较容易解决"。而在写作中，"（诗人）心灵的东西往往通过意境表现出来，写诗一定要注意创造意境"。"没有意境，诗扬不起风帆。"

中国诗学发展有三千多年的历史。诗之出现，是出于先民抒情言志的需要。诗是中国抒情文学最具代表性的文体，它用特有的艺术语言表达情感，并借助情感和物象构成的美感质素，使读者获得审美的最大满足，从精神层面影响个人情致和社会生活。《尚书·尧典》中的"诗言志，歌永言，声依永，律和声"，概言诗体的本质特征。所谓"诗言志"，实际上讲的就是诗的抒情功能，指出情为诗之本源。《毛诗序》释曰："诗者，志之所之也。在心为志，发言为诗；情动于中，而形于言"。袁枚则直说："曰'诗言志'，言诗之必本乎性情也。"（《随园诗话》）虽然"诗者，吟咏情性也"（严羽《沧浪诗话·诗辨》），或谓"诗是强烈感情的自然流露"（［英］华兹华斯《1800 年抒情歌谣集序》），但诗的抒情，并非将感情直陈于外，像发布信息般传达给读者。其表达方法自有其独特之处，既非倾泻而出，亦非直呼痛快或失声饮泣，而是要使情感具象化、客观化和对象化，即在大千世界的客观物境中寻找一种或一组与情感相应的事物、人物、景物，用富有表现力的艺术语言和表现技巧（旁及声调、节奏）创造出极具美感潜能的形象、氛围和景致。诗的意境，说到底，由诗人内在之"情"（"情"与"志""意"相通，与"气"相谐）与外在之"境"（与情相应之人物、景象等）凑泊而成。情境凑泊，是诗人情感表达找到与之相应、有某种象征意义的客体的结果，其形成绝非两者简单的叠加，而是情（"情"与"意"通）境互动、自我调节、彼此融彻。情景凑泊，从创作过程看，只是诗的一种结构方式；从创作效果看，其结构形态隐含着意味（或称情味）无限的美感和能生发显出悠长诗味的张力。这一深层结构形态，实乃诗的本质特征，所谓意境之美，即出于此。显然，"情（与'意'相通）"是诗之意境生成最为核心、最具活力的文学要素，而意境（情境）美感的主要特征是诗中情味丰盈，即前人说的有滋味，或谓有余味、味外有味、回味无穷。诗的文学价值和艺术美，固然离不开情感、物象、语言、格律、声调、节奏等诸多因素，但有无意境，却是决定其艺术生命力有、无、强、弱之关键。而创造意境（情境）或谓寻求情感表达物质形式的结构与方法，则为自《诗三百》以来广为诗人所用的赋、比、兴及情境相融的"融"法。

　　要特别指出的是，无论从诗学理论，还是从写作实际出发，意境创造，或谓情境结构都是诗创作的第一要务。而诗中情乃吾之性情，境乃有我之境，其情感之真伪、格调之高下、取境之美丑、用语之清纯或鄙陋，皆与诗人的气质、个性、审美趣味息息相关。故作诗论、欲破当下诗作乱象之弊，首言意境而道其成因及美感特质，可谓振叶寻根、沿波讨源之举。

炳煊老师的《诗的对话集》，涉及诗的话题很多，大致可以分为理论探讨和作品评论二类，且两者相互渗透，往往有割不断的联系。理论探讨，说意境自为重点。先生说意境，谓"谈话讨论的目的主要是搞清楚诗的本质是什么，这是诗问题的核心所在。这个问题清楚了，其他问题就比较容易解决"。"诗的意境就是诗的本质，是诗的核心，是诗的灵魂"。"意境是诗的基因。""把意境比作基因，说明意境是诗的根本，是诗固有的，是诗的生命所在，没有意境就不能成诗。"再指出"有学者认为意境是由作者与读者的联想创作出来的，提出意境'共同创造'论，是不清楚意境与诗俱生、不清楚意境为诗人所创造"。而在阐释意境特征时，特别对意象、意境、境界加以区分。皆显出作者论说之别出心裁，思辨之细致严谨。

其论说意境美感特色，除直陈己见，还博引前人诗论。如谓司空图《与李生论诗书》所说"愚以为辨于味，而后可以言诗也"，是"言诗味的重要性，要求诗要'近而不浮，远而不尽'，达到'咸酸之外''韵外之致''味外之旨'的艺术境界"。又谓其《与极浦书》所引戴容州言，"把'诗家之最'，比作'蓝田日暖，良玉生烟’，是对‘象外之象，景外之景’做了更确切的注释。实系诗论的金玉良言，有益于后人领会诗的真意"。谓严羽《沧浪诗话》中"诗者，吟咏情性也。盛唐诗人惟在兴趣，羚羊挂角，无迹可求，故其妙处莹彻玲珑，不可凑泊，如空中之音，相中之色，水中之月，镜中之象，言有尽而意无穷"语，"那描述性的话，入木三分地写出了诗的独到妙处，读之使人受到启迪"，并且，其书"是对诗特点有发现的上乘之作"。还肯定明人朱承爵所言"作诗之妙，全在意境融彻，出音声之外，乃得真味。"（《存余堂诗话》）他极力赞赏叶燮说的"诗之至处，妙在含蓄无垠，思致微渺；其寄托在可言不可言之间，其指归在可解不可解之会；言在此而意在彼，泯端倪而离（罹）形象，绝议论而穷思维；引人于冥漠恍惚之境，所以为至也"（《原诗》）；指出王国维出生 90 多年前，潘德舆已提出"《三百篇》之体制、音节，不必学，不能学；《三百篇》之神理、意境，不可不学也"（《养一斋诗话》；而谓王氏既说意境，又提境界，"意境与境界应是同一概念，在诗中称为意境更好"；谓王氏语"词以境界为最上'，阐明诗词的核心是境界，没有境界的诗词，实质上不能成为真正的诗词，诗词必须写出意境"。都是在借前人诗论，对何为诗之本质，何为意境基本质素，何为意境美感特色，以及如何创造意境之妙，如何领悟、体味意境之美，从理论上加以论述和说明。而在论述和说明中，先生对《毛诗序》说的"赋、比、兴"，对见于《春秋繁露》的"诗无达诂"，对司空图说的"不著一字，尽得风流"，对北宋以来流行的

"诗眼"说，对严羽说的"诗有别才""诗有别趣""论诗如论禅""诗道亦在妙悟"，对李梦阳等提出的"诗必盛唐"论，对王世祯的"神韵"论，对王国维所说诗的"隔"与"不隔"、"有我之境"与"无我之境"，以及鲁迅说的"一切好诗到唐已经做完"等诸多说法，皆能细细加以辨析，是其是而非其非。纵然其言未必尽为探骊得珠之说，却显现出《诗的对话集》持论既有秉承传统诗学渊源，又有作者自得之见的鲜明特色。

《诗的对话集》探讨诗的本质，不是徒借传统诗学术语凌空作论，而是在做理论分析的同时，还通过品鉴古今诗作佐证其说。书中衡鉴诗作甚多，有古体诗、近体诗、自由体诗，还有词和民歌。以抒情诗居多，也有少数叙事诗。而先生激赏其妙处和评品不足，皆以诗作有无意境或意境美感魅力之强弱为重要标准。又评议其诗多出于说理之需要，言之详略不一，偶有未中肯綮处，但都说得深入浅出，平易、生动，有谈话风。故其书不但承继诗学优秀传统，又具有蕴藉时代精神的学术性，还有较强的可读性。

我是炳煊教授的学生，从先生受教久矣，自1964年9月至今已接近60年。久久相处，感受良多，难以忘怀的有两点。一是先生为人的沉稳、务实、宽容、低调，这是品行，也是一种人生智慧。治学则表现出实事求是、求真求正、平等待人、尊重不同观点、虚怀若谷的学者风度。其为人、为学细节如何，读者揣摩《诗的对话集》出语从容平和、娓娓而谈、反复陈说，绝不强词夺理、忌用大话套话空话吓人诳人忽悠——这一文风特点的由来，即可想见。二是先生对诗，尤其是对新诗向来热爱至深、希望甚切。先生在广东中山一中念高中时，就爱写民歌体的新诗，并有作品发表。后来在高校忙于编务等事，且多就诗学美学作探讨，诗写得少，但对诗的喜爱，却一如年少之时。记得先生在退休后的某年清明节，于武昌洪山散步，听到一群年轻人在施洋烈士墓前朗诵用诗体写的悼词，觉得情感充沛，语词不俗，便情不自禁地索诗以观。先是曼声吟读，谁知读着读着，竟潸然泪下，泣不成声，哽咽良久。此时先生已七十有八，耄耋老人，大多心地沉静，触物处事，波澜不惊，他老人家却因置神思于一首诗的诗意诗情诗境之美感氛围而情绪激动至此！说他一生痴迷新诗、不改诗人气质，诚非虚言。正因爱诗深切，所以目睹新诗乱象，不胜忧虑焦急，罔顾鲐背之年将至，一边抵御新冠病毒侵袭，一边著书立说，希望作诗者端正诗风，能从体认诗之本质起步。

2023 年 2 月 12 日
于公安县斗湖堤保健幼儿园

序之序

——《〈诗的对话集〉序》读后感

徐绍建

　　许多人（包括本人）喜欢请熊礼汇教授给自己的著作撰写序文，因为他待人诚恳、态度认真，且学养深厚、见解独到，能为作者所写之书增光添彩。

　　《〈诗的对话集〉序》与熊教授的其他序文有共同点，如构思精巧，逻辑严谨，意到笔随，文脉通畅，颇有古代散文的风韵。但又有独特之处，因该书的作者是与他过从甚密的恩师张炳煊教授，此序如何下笔，颇费思量。而熊兄礼汇毕竟是作序高手，深思熟虑之后很快写出序文，且为炳煊师首肯。

　　首先，序文的一大特点是态度谦逊，心怀崇敬，紧扣《诗的对话集》的精华部分，给予客观公正的评价和高度的赞扬。如称其对诗的本质的探讨，"承继诗学优秀传统，又具有蕴藉时代精神的学术性"，论说形式"平易、生动，有谈话风"。同时，论文及人，巧妙地通过描述老师的逸闻轶事，如高中时代就喜爱诗歌并发表新诗作品，即使晚年听人诵诗仍如年青人般激动，继而索诗自诵时不禁泪下，将一个一生钟情于诗、痴迷于诗的耄耋老人可爱而又可敬的形象呈现在读者面前。不仅如此，还暗示出年近鲐背的老先生仍笔耕不辍、著书立说的内在动力。

其次，序文的又一特点，是用较大篇幅（两个自然段）全面系统地阐释了"意境"这一诗学理论的核心问题。先论诗歌的起源，明确指出"情为诗之本源"，情即志或意，而非笼统地说"诗的意境就是诗的本质"；境，是情对象化、客观化、具象化了的事物、人物、景物，即情的外化、物态化。次说意与境的关系，不是两者"简单的叠加"，"而是情境互动，自我调节，彼此融彻"，富有无限的张力和难以穷尽的意味。再次言意境的创造，即情境的结构方法，那就是自《诗经》以降，历代诗作常用的赋、比、兴及各种情景交融的方法。最后提出，诗的意境要产生完美的艺术效果，离不开语言的精心选择，格律、声调、节奏等的合理安排。

以上论述，由源及流，由内向外，由抽象到具体，环环相扣，层层拓展，精准、系统、完整、深入、透彻地剖析了诗歌意境产生的本源、内涵、结构、形态、方法等。其目的，一是为诗学理论研究、诗歌创作和欣赏指明方向；二是规避了《诗的对话集》中学术问题讨论的碎片化、零散化的毛病，起到了补缺、完善和提高的作用，因而成为序文中最精彩、最吸引眼球的部分。

先生著书，学生作序，师生合作，共同将诗学理论研究推向新高度。五年前，中文系1964级全体同学，在珞珈山庄设宴隆重庆祝张炳煊教授80华诞（是武大校史上绝无仅有之事）；现在，张炳煊教授的专著出版，礼汇兄又撰写序文，代表1964级全体同学向恩师献上厚礼，成就了师生关系胜似亲人的佳话！

　　文末，还想啰唆两句，读礼汇兄的文章，需要正襟危坐，全神贯注，慢读细品，方有所得。

　　　　　　　　　　（徐绍建：武汉大学文学院教授）

前　言

　　谈诗是个复杂问题。如果有人问："什么是诗?"拿一首古体诗或近体诗来告诉他："这就是诗。"这就算是回答了。如果问"诗是什么?"就很不容易回答。有许多著作对诗都作出过定义，包括一些权威辞书也有相应的解释，但都不令人满意。之所以出现这种情况，原因是对诗的本质不明确。《毛泽东选集》中有关"矛盾论"的论述指出，事物区分的"根据"，"都有它的特殊的矛盾和特殊的本质""科学研究的区分，就是根据科学对象所具有的特殊的矛盾性"。这一论说很明确，指出事物的核心是它的本质。对于诗来说，如果对诗的本质不明确，并很少去研究，当然很难作出正确的解释。这是一个基础理论问题。笔者很想搞清楚这个问题，于是就踏上了对诗的本质的漫长探索之路。

　　论说一个问题，既要有论点，又需要论据和论证。研究诗的奥秘，我国古代诗家的诗话诗论，是一条可供参考之道。诚然，有些诗论对一些问题分析得过"繁"，诗的品样分之过"细"，枝干难分。叶燮在《原诗》中提出诗的"至处"是"境界"，如果叶燮所说的"至处"是指诗之魂、诗的本质。境界又称意境，那诗的本质就是意境；找到诗的本质，"诗是什么"的问题就解决了。这对诗的创作意义重大，能帮助我们挣脱过去陷入诗的平仄等种种形式的束缚和限制，把创作重点放在诗的意境创造上，写出如意的好诗。

叶燮之论是否正确？笔者将一些古体诗、近体诗作了比较研究。凡诗皆有意境，成功感人的新诗也不例外。而他种文体叙述表达的都是实的事、理或情，如果出现意境，那是诗语言渗透的结果。事实证明，意境是因诗语言的特殊性而生成的，是诗的"根据"，是诗"特殊的本质"。

本书对"诗无达诂"等问题做了辨析，对殷夫《别了·哥哥》等新诗做了评说，对诗的创作方向做了展望。

本书采用友人设问、笔者回答的形式来展开叙述，这种形式古今中外早已有之，有助于自由灵活、简洁准确地回答问题、解决问题。但这种形式必须要有一条艺术主线做支撑，以避免出现叙述碎片。

目　录

诗的对话集

附录：文章二则

诗的对话集

对话之一
关于本书要解决的问题

■ **内容提要**：

- 不少文章著述都谈过诗的本质问题。
- 有的论著还写得很精彩。
- 但对一些重要问题的阐释还难以服人。
- 本书希望通过讨论来研究并解决这些问题。

友问：（以下简称"友"）听说先生要写一本书，叫什么"诗的本质"，有这事吗？

答：是的，有这个想法。可树没栽成还不能叫做树，书没写出来还不能叫做书，只是一个愿望。

友：我国是诗词大国。什么"诗言志""诗缘情"，诗要讲平仄、对仗、押韵，分行排列，等等，不是早就有人说过了吗？诗都有定义了，你要写的是什么？意图何在？你能成功吗？会有好结果吗?

答：我不是说树不栽成还不叫做树吗! 这一切还是个未知数。但我认为有必要去做，我认为诗的许多问题还没有搞清楚。

你说的诗言志、诗缘情等，只是诗的作用与功能；所谓诗的平仄、对仗、押韵、分行排列等都是诗表层的东西、诗的外壳，并没有对诗作出全面的分析论断。

我认为该诗要抓住诗的本质问题，这是诗与其他文体相异的最根本所在。对于这个问题，众说纷纭。我的书主要谈这个问题。

至于结果如何，成功与否，实践与成功本就是两个不同的概念。我是自愿去做的。我曾说过："为探索与追求真理的真实面貌而工作、而写作，无论成功或失败，都该无怨无悔；真理自能析辨真伪是非。"(《意境文气的阐释及其他》后记) 失败了，也得个教训。我相信我的看法是对的。

友：关于诗的定义，教科书还有许多文章都谈过，词典也有解释。对了，现在使用互联网，打开电脑一查就是了，何必费心思去折腾那玩意。你还不如去搞创作，写点诗更有意思。

答：你提出去写点诗的建议是对的，研究写作理论但没有一点写作实践很容易落得空洞之言。谢谢你。你说，对于诗的定义，许多文章谈过，是的。有些书我也是查过了的，不"解渴"；在电脑上查也不成。有很多问题现在还是"悬案"。

友：你把我搞糊涂了，你到底要讲的是什么?

答：就是诗的本质，诗该怎样去定义。每种事物都是由它自身的矛盾性构成的，诗同样有它自身成因的特殊矛盾性。要找出事物的特殊矛盾性就必须找出构成这矛盾的特殊元素。

友：是吗？如果是这样，诗有什么奥秘？隐藏在哪里？不。还是你先谈谈看过些什么书，这些书里的看法是怎样的？再说一说你的高见。这样比较比较，容易搞清楚问题所在。

答：探索诗究竟是什么，有太多的人做过。古代的诗贤达人暂且不论，在二十世纪三十年代，由蒋伯潜、蒋祖怡先生合著的《论诗》就对诗的相关问题作了许多有价值的论述。在《论诗》的第二章《诗的本质及其定义》中给诗下了这样的定义：

　　诗是依美学的原理，利用音乐的旋律，将作者的感情，思想，想象，用谐和的文字，主观地批评人生，解释人生，而富有感染性的一种文艺形式。①

友：你怎样评价这个定义？

答：这个定义把诗的许多要素及特点概括出来了，如诗的美学原理、音乐性及作者作诗的意图，等等，概括得比较全面。而且它在论述诗的美学原理时，还指出了意境感动人的特点，并举例了岑参《逢入京使》一诗：

① 蒋伯潜、蒋祖怡著：《论诗》，广东人民出版社 1986 年版，第 12 页（该著作原名《诗》，由上海世界书局于二十世纪二三十年代出版，1986 年广东人民出版社重版）。

逢入京使

岑参

故园东望路漫漫，

双袖龙钟泪不干。

马上相逢无纸笔，

凭君传语报平安。

　　岑参这首诗写出了那种背井离乡的苦楚，跃然纸上，这是诗的美质，合乎美学原理。但它对诗是怎样构成的，没说清楚。对诗的美学特点，其认为是"一是印象的鲜明，二是意境的动人"。将印象鲜明与意境动人分列而论，似乎不妥。这很值得商榷。而且该书没有在定义里提到意境。我还翻阅了《辞海》，其中对诗的定义是：

　　它高度集中地反映社会生活，饱和着作者丰富的思想和情感，富于想象，语言凝练而形象性强，具有节奏韵律，一般分行排列。

友： 对，能作比较更好，便于分清是非。

答：《辞海》是一部权威性辞典，我还是把这个定义作为对诗的表述性文字。它对于诗歌反映社会生活的方式、作者思想情感的表现以及使用语言的特点，都有独到的见解。遗憾的是没有提到诗的意境。

友：据说，何其芳先生曾对诗作出过定义，是吗？

答：对，不错，何其芳先生曾对诗作出过定义。他是于 1953 年 11 月 1 日在北京图书馆主办的演讲会上作《关于写诗和读诗》的报告中提出的，这篇文章收录在他的《关于写诗和读诗》的论文集里①，翻开这本论文集的第 25 页便可看到。他说，有同志问："诗的定义是什么？"他回答说，过去的一些文学理论常常列举一些前人关于诗的说明，但他觉得从它们中间并不能找到一个"可以令人满意的'定义'"。于是他经过考虑，对以前说过的话作了补充说明，提出了如下的看法：

　　诗是一种最集中地反映社会生活的文学样式，它饱含着丰富的想象和感情，常常以直接抒情的方式来表现，而且在精练与和谐的程度上，特别是在节奏的鲜明上，它的语言有别于散文的语言。

　　之后，很多人沿用了这个定义。

友：对，我们中学老师讲诗时就是这样说的。考试时有题目问"诗是什么"，我们也是这样答题的。（笑）

---

① 何其芳著：《关于写诗和读诗》，作家出版社 1956 年版，第 25 页。

答：何其芳先生是著名诗人与文艺理论家，他对诗理论的表述有其深切的体会。给诗下定义是不容易的事，自古以来多少诗者与理论家都为此付诸不懈的努力。

我很欣赏这个定义，比很多论说更有说服力。但"最集中地反映社会生活的文学样式"只能说明诗的功能的一个方面。"特别是在节奏的鲜明上，它的语言有别于散文的语言"将诗的语言与散文的语言作了区分，对诗的语言特点的研究也作出了贡献，但仅以节奏鲜明来区分诗与散文的异同是不够的。诗有其独特的语言规律，即构成诗的意境的独特之处。这个定义未曾提及，无疑是一个遗憾。

友：你怎么总是"意境意境"的说个不停。意境只是诗的一个方面吧，况且这个问题很难说清楚，何必对此喋喋不休。

答：现在有人把意境作为诗的一个因子，将诗的韵律、对仗等与意境平列看待。但王国维在《人间词话》中早就说过"词以境界为最上，有境界则自成高格，自有名句"。[①] 意境是诗的核心、诗的灵魂。人没有灵魂就只剩下躯壳，诗没有灵魂就没有诗味，也就没有诗意，也就不成诗了。这些问题萦绕于心头，时间长了，我也想谈谈自己的看法，于是就打算写这本拙作。

友：是这样啊？精彩，精彩！那就请谈谈你的高见。

① 郭绍虞主编：《中国历代文论选》下册，中华书局1963年版，第436页。

答：过奖了，什么精彩精彩的，我们的对话是要求理的，把问题讨论清楚就是寻"理"。我是怎么想的就怎么说，你有什么意见吗？

友：你这一说法很有启发性，很有意思，我还要继续请教。

对话之二
对于诗， 你倾向于什么风格

■ 内容提要：

- 中国的诗歌、诗评浩如烟海。

- 各首诗都自有其组成要素。

- 我并未倾向于哪种风格的诗，只要诗作能感染我，我就喜欢。

友：从前面的谈话中，我发现你对诗很有自己的见解，你一定读了
　　许多诗歌及诗评吧？

答：谢谢，过誉了。中国的诗歌与诗评浩如烟海。在这个汪洋大海
　　里，我仅是个蜻蜓点水者，是个流浪汉。

友：我想问问你，对什么诗有什么特别的偏爱吗？你能谈谈喜欢什
　　么样的诗吗？是喜欢豪放风格的还是喜欢婉约的？

答：将作品分为豪放风格或婉约风格，一般是指写词而言的，词家
　　有所谓豪放派、婉约派之分。诗也是早已有分风格的，唐代司

空图的《二十四诗品》就有分"雄浑""冲淡"① 等等，其中也有谈"豪放"风格的。但我不会拘囿于某一风格，哪首诗作打动了我，慑服了我，我就喜欢那首诗，就点赞那首诗。读一读苏轼的《念奴娇·赤壁怀古》：

念奴娇·赤壁怀古②

苏轼

大江东去，浪淘尽，千古风流人物。故垒西边，人道是，三国周郎赤壁。乱石穿空，惊涛拍岸，卷起千堆雪。江山如画，一时多少豪杰。……

作品的豪放之气，以磅礴之势扑面而来，激荡人心，我爱读。

还有马致远的"秋思"：

天净沙·秋思③

马致远

枯藤老树昏鸦，小桥流水人家，

古道西风瘦马。

① （清）何文焕辑：《历代诗话》，中华书局 1981 年版，第 38、41 页。
② 王启兴主编：《诗粹》，长江文艺出版社 1994 年版，第 651 页。
③ 王启兴主编：《诗粹》，长江文艺出版社 1994 年版，第 1060 页。

夕阳西下，断肠人在天涯。

读着读着，婉转含蓄苍凉之音悄然带你进入其境界，令人自然而然地感动。我爱读。

我之所以不拘泥于区分风格，是因为诗毕竟是诗，各首诗自有其自然要素，有其表达的内容，以及应有的基调与色彩。假如你只尊豪放派，学豪放派，但所写的内容不具豪放风格的应有条件，无论你怎样去豪放也豪放不出好诗来的；如果你学婉约派，但所写的对象不具婉约风格的应有条件，写出来的也仅是些苍白矫柔的呻吟之作，表现不出诗应有的魅力，不能吸引人。每首诗都有其自我生成的条件或要求，只要契合这首诗的条件或要求，好诗便自然而出。李清照擅写婉约风格的作品，但她在另一种情况下，却写出了《乌江》：

乌　江①

李清照

生当为人杰，
死亦为鬼雄。
如今思项羽，
不肯过江东。

---

① 王学初著：《李清照集校注》，人民文学出版社 1979 年版，第 127 页。

这诗不是够豪放，够感人吗?! 诗的某种风格，都是由所写的内容、语言、色彩所决定的。风格是自然而成的，写诗论诗不应以某种风格为准，只要诗能感动人、感染人便是好诗。

当然，有些人喜欢这种风格或那种风格，这是个人的事，各有各的选择自由。我只要诗能感染我，我就喜欢；我是不存在风格倾向的。

对话之三
《关雎》与《蒹葭》的艺术比较

■ **内容提要**:

- 将《关雎》摆在《诗经》的首篇，令人感到遗憾
- 《关雎》在诗的艺术上比不上《蒹葭》
- 将《关雎》砍成两截，去掉最后一截

友：按照你读诗评诗的标准，你认为《关雎》写得怎样？能感动你吗？请谈谈你的看法。

答：《关雎》这首诗从某一方面来说是写得不错的，但并不怎么感动我，我倒是感到有点遗憾。

友：你的看法就奇怪了。《关雎》是《诗经》开卷的首篇之作，无论从哪方面来说，都应该说是诗中的优秀者，不然哪会摆在《诗经》之首篇？但你只说某一方面写得不错，又说不怎么感动你，这就叫人难以理解你的意思。

答：我说写得不错的"某一方面"，是因为它对上古封建时代，特
  别是封建贵族的婚姻习俗作了反映。但作为爱情诗来说，读后
  我感到遗憾。

友：对这首风行了两千多年的、著名的诗，你还感到遗憾？那就请
  谈谈你的高见吧！

答：这应该说是首爱情诗。我举《诗经》中的另一首爱情诗《蒹
  葭》来作比较，问题就清楚了。当然这两首诗都有人作这样
  或那样的说法与评论，我们暂时不要去理睬。这两首诗都是爱
  情诗，我们先来看《关雎》：

关　雎

关关雎鸠，在河之洲。
窈窕淑女，君子好逑。

参差荇菜，左右流之。
窈窕淑女，寤寐求之。

求之不得，寤寐思服。
悠哉悠哉，辗转反侧。

参差荇菜，左右采之。
窈窕淑女，琴瑟友之。

参差荇菜，左右芼之。

窈窕淑女，钟鼓乐之。

　　这首诗排在《诗经》首篇，是说河边有一个采荇的窈窕姑娘，引起一个男子的思慕之情。她那采荇时"左右采之"的姿态，使这个男子爱之不已，以至于寤寐难忘。最后还是"钟鼓乐之"，实现了他梦寐以求的愿望。但我读后确实感到遗憾。

友：你对《关雎》感到遗憾？叫人着实难解。

答：遗憾什么？待我谈了《蒹葭》再说吧。

蒹　葭①

蒹葭苍苍，白露为霜。

所谓伊人，在水一方。

溯洄从之，道阻且长。

溯游从之，宛在水中央。

蒹葭萋萋，白露未晞。

所谓伊人，在水之湄。

---

　　① 杨合鸣、李中华著：《诗经主题辨析》上编，广西教育出版社 1989 年版，第 380 页。

溯洄从之，道阻且跻。

溯游从之，宛在水中坻。

蒹葭采采，白露未已。

所谓伊人，在水之涘。

溯洄从之，道阻且右。

溯游从之，宛在水中沚。

这也是《诗经》中写爱情的名篇。诗中写主人公由于思念"伊人"，于是到蒹葭苍苍茫茫的水边去寻找。尽管道路险阻而遥远，但主人公依然沿着河流来回追寻，从"白露为霜""白露未晞"到"白露未已"，虽然"伊人"似乎变幻不定，可望而不可即，主人公仍未放弃希望与追求，表现出主人公爱慕"伊人"的真诚与执着。这首诗没有一句赞美"伊人"的正面描写，没有像《关雎》中"窈窕淑女，君子好逑"之辞，虽然不着一语，然而"伊人"的高洁可爱形象却浮现于读者眼前。这是诗的一种妙笔。

友：两首诗的写法不同，各有千秋，都是著名的抒情之作。老兄，你怎么能这样尊此薄彼？

答：如果从旧时的求偶、婚姻角度上看，《关雎》是一篇传统、典型之作。在主人公"寤寐求之"而"辗转反侧"之后就"琴瑟友之"，再达到"钟鼓乐之"，皆大欢喜。

　　而《蒹葭》表现对爱情的追求，溯洄溯游，"伊人"乃在水一方。动静相生，显得空灵，表现出恋爱之苦及其神秘感。

　　这就是这两首诗不同的地方。

友：你是这样看的吗？那么《蒹葭》高出了《关雎》多少？

答：艺术是无法量化的，艺术是以其美感给人带来的震撼和力量来衡量的。

　　《关雎》之所以在艺术上比不上《蒹葭》，是因为《关雎》写了婚姻上的大团圆，太一般，太落俗套了。如果我是编辑，有人要我把《关雎》编入一本读物，我会将它砍成两截。

友：你在开玩笑吧，你怎么会说要将《关雎》拦腰砍成两截呢？这真不是一种"标新立异"之论作祟吗？不应该。《关雎》是经典之作，你的胆子令人钦佩，但必会遭人指责、嘲笑的。

答：我要将它砍成两截，留下一截。这首诗写到"琴瑟友之"即可。不信吗？请看看：

关　雎

关关雎鸠，在河之洲。
窈窕淑女，君子好逑。

参差荇菜，左右流之。
窈窕淑女，寤寐求之。

求之不得，寤寐思服。

悠哉悠哉，辗转反侧。

参差荇菜，左右采之。

窈窕淑女，琴瑟友之。

其余一截弃之，让它自行流入太平洋里去。要言之，写爱情诗要有爱情味，酸甜苦辣都可以，但绝不能落入"钟鼓乐之"这样平庸粗俗的窠臼，别让恋爱之诗变成索然寡味之作。

友：对《关雎》提出这样的删改，闻所未闻，说得严重一点，这难道不是一种"乱砍滥伐"的行为吗？要三思呀，《关雎》到底是摆在《诗经》最前面的一篇呀！你说"别让恋爱之诗变成索然寡味之作"，是什么意思？

答：我只提出个人的看法，在学术问题上谁都可以争鸣，对的就是对的，就坚持，错的就改过来，不是"乱砍滥伐"。

《诗经》是我国最古老的一部诗歌总集。它所反映的是距今三千年左右的上古社会生活。其中有歌唱爱情、歌唱劳动、歌唱理想追求的，有吟咏战争情景、征夫痛苦、弃妇哀怒的，有揭露抨击宫廷乐舞、贵族宴会、封建统治者荒淫无耻的。对上古社会的方方面面，广有网罗。更有对剥削者、压迫者表达怨恨与愤懑之作，比如《魏风·伐檀》：

魏风·伐檀①

坎坎伐檀兮，

置之河之干兮，

河水清且涟猗。

不稼不穑，

胡取禾三百廛（缠）兮？

不狩不猎，

胡瞻尔庭有悬貆兮？

彼君子兮，

不素餐兮！

……

　　这首伐檀诗，通过伐木人的歌唱："不稼不穑，胡取三百廛兮？""不狩不猎，胡瞻尔庭有悬貆兮？"深刻地揭露了那些"君子"们，既不种地，也不狩猎，却粮食堆满仓、野猎挂满庭，对那些尸位素餐的寄生虫们的剥削生活表达强烈不满，也反映了民众的觉醒。

　　《诗经》是我国上古诗歌艺术的一座宝库。

　　然而，《诗经》总集又是经过各种文人整理加工编辑而成

---

　　① 余冠英注译：《诗经选》，人民文学出版社2003年版，第110页。

的。编辑者可能站在他所在的阶级的立场，融入了各自的伦理道德观念与政治立场特有的色彩。有学者认为，《关雎》这首诗表现了"后妃之德"，就显然表现出封建社会的教化作用。将《关雎》摆在诗经之首，可能就因为它是符合封建社会婚姻之道的典范之作。

实际上，《关雎》最后的"窈窕淑女，钟鼓乐之"，就以封建婚姻的痼习，对抒情诗作了倾泻般的冲击，不自觉地介入了叙事诗的门槛，远离了抒情诗之列，而导致诗味之变。《蒹葭》则不同，这首抒情诗写得空灵，耐人寻味，表现了爱恋极度神秘的苦乐情趣，前面已做分析，不赘述。

从诗的艺术魅力而言，《关雎》远逊于《蒹葭》，这也就是我对《关雎》感到遗憾之处。

对话之四
《二十四诗品》之我见

■ **内容提要：**

● 司空图的《二十四诗品》是一部名作，以诗评诗，并触动袁枚创作三十二篇《续诗品》，足见其影响之深远。

● 将诗品分为二十四种，似乎过细过繁了一点。

友： 司空图的《二十四诗品》，以诗评诗，且有诸多深奥的妙语，你对这部"诗品"如何评价？

答： 这的确是一部很有影响力的作品。有的诗句写得很精彩，如"超以象外，得其环中""空潭泻春，古镜照神""意象欲生，造化已奇"等，许多读者很感兴趣。清代的袁枚读后，触动他写了《续诗品》三十二篇，并在"有序"中说："余爱司空表圣《诗品》，而惜其衹标妙境，未写苦心，为若干首续之。"① 一部作品流经七八个世纪的时光，还有研究者予以写续篇，足见其影响的深远。

我读了司空图"不著一字，尽得风流"，不禁想起了曹植的"七步诗"。魏文帝曹丕嫉妒曹植的才华，准备杀害他，令曹植于七步之内做成诗一首，否则"行大法"。这"明谋"本身就令人愤怒、怨恨。曹植却压住内心痛苦写出《七步诗》：

七 步 诗②

曹植

煮豆燃豆萁，漉豉以为汁。

萁在釜下燃，豆在釜中泣。

本是同根生，相煎何太急！

诗中没有一个"怒"字、"恨"字，更没有一个"愤"字，只写出了"煮豆燃豆萁"，再以"豆在釜中泣，本是同根生，相煎何太急"作结。人们自然感到诗的真意，"言在此，意在彼"。曹植免于一死，而文帝亦应深有愧疚。

---

① 郭绍虞主编：《中国历代文论选》下册，中华书局 1963 年版，第 162 页。
② 王启兴主编：《诗粹》上册，长江文艺出版社 1994 年版，第 135 页。

同时，司空图的话又引起我再读刘禹锡的一首竹枝词，这诗写得情趣盎然：

竹枝词二首（其一）①

刘禹锡

杨柳青青江水平，

闻郎江上踏歌声。

东边日出西边雨，

道是无晴却有晴。

这首诗生动地表现了少女初恋时心中欣喜而对方又没有明确表态时的美妙心态。诗中没有出现过欣喜或焦灼的字眼，只用"东边日出西边雨，道是无晴却有晴"两句作结，以双关语含蓄地表现了少女急切盼望爱情的心情。

诗的这种含蓄写法，即不用文字直接诉之以求，而以诗味示之。"不著一字，尽得风流"之作，皆为诗上品。

妙哉！司空图作出如此诗评，是对诗研究的一大贡献。

然而，司空图的《二十四诗品》将诗分为"雄浑""冲淡""纤秾""沉著""高古""典雅""洗炼""劲健""绮丽""自然""含蓄""豪放""精神""缜密""疏野""清奇""委曲""实境""悲慨""形容""超诣""飘逸""旷

---

① 王启兴主编：《诗粹》上册，长江文艺出版社 1994 年版，第 388 页。

达""流动"二十四类，分得过细过滥。而每首诗品都采用四言十二句的结构，用诗的形式评述诗的风格，但对于有些风格说得不够清楚，尤其对于诗究竟是什么，说得不明确。读起来似乎纷纷扬扬，热热闹闹，唯见繁枝异杂，雪片纷飞，难分主枝，难得诗的真谛，不能不说是一大缺陷。

友：先生读过司空图的《与李生论诗书》吗？你赞赏吗？

答：这篇文章写得很好，指出论诗"古今之喻多矣，而愚以为辨于味，而后可以言诗也"，并强调诗味的重要性，要求诗要"近而不浮，远而不尽"，达到"咸酸之外""韵外之致""味外之旨"的艺术境界①。这是诗评中一篇相当重要的文章。

友：请问，《与极浦书》一文，你读过了没有？对你有影响吗？

答：啊！对对对，必须做点补充，应该对《与极浦书》点赞，并致以崇高的敬意。《与极浦书》有言："戴容州云：'诗家之景，如蓝田日暖，良玉生烟，可望而不可置于眉睫之前也。'"②把诗家之景，比作"蓝田日暖，良玉生烟"，此言妙哉！这是对"象外之象，景外之景"作了更为确切的注释。戴容州此语实系诗论的金玉之言。司空图录下戴氏此语确为可贵，很有益于后人领会诗的真意，功不可没。

戴容州的资料多已散落失传，很难找到，哪位贤者收藏有戴氏资料，请借光让我作一欣赏，不胜感激。

---

① 郭绍虞主编：《中国历代文论选》上册，中华书局 1963 年版，第 490 页。
② 郭绍虞主编：《中国历代文论选》上册，中华书局 1963 年版，第 500 页。

对话之五
《沧浪诗话》的巨大影响及其局限性

■ 内容提要：

● 《沧浪诗话》是我国古代较有系统性的诗歌论著，论述诗的美学妙处，影响巨大，将流传千古。

● 严氏"以禅喻诗"，但将诗的"妙悟"与参禅的"妙悟"相混淆。

友： 南宋严羽的《沧浪诗话》，据说是一部很有影响的论著，你觉得他的作品对你研究诗有作用吗？

答： 《沧浪诗话》是我国古代较有系统的诗歌论著，是一篇很了不起的著作，对我的影响是很大的。你看我读的这一段：

> 诗者，吟咏情性也。盛唐诗人惟在兴趣，羚羊挂角，无迹可求。故其妙处莹彻玲珑，不可凑泊，如空中之音，相中之

色，水中之月，镜中之象，言有尽而意无穷。①

显然，《沧浪诗话》对诗有很独到的见解，理所当然受到读者的欣赏与欢迎。有人问叶燮的《原诗》是否也受到过其影响？很抱歉，我不清楚。我想其中某些论述与叶燮《原诗》中关于诗的至处"妙在含蓄无垠，思致微渺"的表述相比，说法不同，语调有别，但似乎有好些地方是相通或相似的。

《沧浪诗话》之所以对后世诗学产生过重大影响，是因为它指出了"诗有别材""诗有别趣"，是因为它那描述性的诗话入木三分，如诗的妙处"莹彻玲珑，不可凑泊"，诗景"如空中之音，相中之色，水中之月，镜中之象"，等等，是比较有趣、比较到位的比喻，读之使人受到启迪，是对诗的特点有感悟的上乘之作。

虽然他说的多是诗的表象，但没有表象，焉能探得其本质。在学术研究探索过程中，学术上的每一点进步，都应予以充分的肯定与赞扬，此乃理之所在。

友：严氏提出"以禅喻诗"，重在"妙悟"，你对此如何看待？

答：严氏提出"以禅喻诗""重在妙悟"，他对此论是很有自信的。他说："试取汉、魏之诗而熟参之，次取晋、宋之诗而熟参之，次取南北朝之诗而熟参之，次取沈、宋、王、杨、卢、骆、陈拾遗之诗而熟参之，次取开元、天宝诸家之诗而熟参

---

① 郭绍虞主编：《中国历代文论选》中册，中华书局1963年版，第170页。

之，次独取李、杜二公之诗而熟参之，又取大历十才子之诗而熟参之，又取元和之诗而熟参之，又尽取晚唐诸家之诗而熟参之，又取本朝苏、黄以下诸公之诗而熟参之，其真是非亦有不能隐者。……终不悟也。"① 他一口气不嫌其烦地引用这么多诗例论之，无非是阐述悟禅在悟诗中的妙用，以"悟"来领会诗的奥妙。精神可嘉！

诚然，以"悟"学诗与"悟"禅有相似之处。悟就是学、识的过程也。学禅要悟，写诗要学，也要悟。可各种事物都有其独特之处，就"禅"而言，乘有大乘小乘，辟支与声闻各自有别。诗的情况更为复杂，诗与禅是两个不同的概念，参"禅"的"悟"与写诗的"悟"不同——内涵不同，形式也不同。写诗的"悟"是悟出美妙的诗句、感人的意境；参禅的"悟"是悟禅机、悟大道。这两者之间难以相喻，严氏这说法是不妥的。

在严氏提出"妙悟说"的当时，就遭到一位名叫吴景仙的诗家的质疑与反对②。但严氏却认为："仆之《诗辨》，乃断千百年公案，诚惊世绝俗之谈，至当归一之论。"坚持己见，重申"以禅喻诗，莫此亲切"。不知这是他的思维止境，还是无意识中的失误之憾！

究其因由，《沧浪诗话》提出的"论诗如论禅"，重在

① 郭绍虞主编：《中国历代文论选》中册，中华书局 1963 年版，第 170 页。
② 郭绍虞主编：《中国历代文论选》中册，中华书局 1963 年版，第 175 页附录。

"妙悟"之悟，但错在严氏只强调诗的艺术性，没有真正认识到诗是生活的反映，诗是从生活中来的；没有明确虑及诗与诗语言的特殊性关联，未探得诗的本原，为假象所蔽。但"诗话"中阐释诗之"羚羊挂角，无迹可求""如空中之音，相中之色，水中之月，镜中之象"等妙语，揭示了诗的朦胧美的特点，对研究诗的本质很有帮助，很有价值。

　　《沧浪诗话》的影响是巨大的、深远的。

对话之六
叶燮《原诗》中对诗的妙处之论，应该怎样理解

■ 内容提要：

- 叶燮对诗的妙处很有自己的见解。
- 其诗学理论放射出独特的光芒。

友：清代有位学者，名叫叶燮，你在前面也曾提到过他。你对他的看法如何？

答：叶燮，叶燮是大家，诗学大家。

友：你的评价不一般。

答：是的，不一般。说一个学者是"大家"，是说他的学术成就的广度和深度都超出一般的学者。"大家"是学者自己成就的，不是哪个人能"给的""封的"。叶燮是大家，他所著的《原诗》的精辟性、深刻性就是佐证。

友：你说的是叶燮《原诗》提出的"诗之基，其人之胸襟是也"吧？

答：是的，但不仅仅是这些。叶燮的《原诗》，虽不是鸿篇巨著，但对诗的主要问题都作出了解答，作出了精彩的解答。他提出并阐明了"理事情才胆识力"七个字，"曰理、曰事、曰情，此三言者，足以穷尽万有之变态"，"曰才，曰胆、曰识、曰力，此四言者，所以穷尽此心之神明"①。然而，叶燮对诗之妙处、妙法的论述最精彩的是下面一段文字：

　　诗之至处，妙在含蓄无垠，思致微渺，其寄托在可言不可言之间，其指归在可解不可解之会，言在此而意在彼，泯端倪而离形象，绝议论而穷思维，引人于冥漠恍惚之境，所以为至也。②

　　叶燮对诗之妙处的论述是深刻的，他不但对诗的表象特点作了描绘，而且对诗的语言结构特点作了独到深刻的分析。叶燮之论比朱承爵、王国维的看法更深刻更全面。叶燮《原诗》中的这段精彩论述，是最可贵的贡献。

友：但是，叶燮这段话太深奥了。我读了一遍又一遍，百读不得其解。

答：是吗？哪些话不好理解呢？

友：这话说得太奥了，又玄乎，"其寄托在可言不可言之间，其指

---

① 叶燮著，霍松林校注：《原诗》，人民文学出版社 1979 年版，第 23 页。
② 叶燮著，霍松林校注：《原诗》，人民文学出版社 1979 年版，第 30 页。

归在可解不可解之会"，让人难以下笔，有标准吗？

答：不，不悬也不玄。

叶燮说："可言之理，人人能言之，又安在诗人之言之！可征之事，人人能述之，又安在诗人之述之！必有不可言之理，不可述之事，遇之于默会意象之表，而理与事无不灿然于前者也。"① 就是说，诗不能以常人能述能言的话去抒写，必须要用诗特有的语言，即创造意象。意象要让人"默会"，"默会"为检验"意象"成败的准则。这种"默会"，就要求创作的诗篇是"呈于象，感于目，会于心"的②。这样创作的诗才可谓是真正的诗。

你说难以下笔，不奇怪，诗无定格，都是因人因事而为诗的，这就需要摸索、推敲，且推敲还要精练、还须自然。当然不容易。大家都知道，唐代诗人贾岛曾有名传千古之言："两句三年得，一吟双泪流。"可见写诗是多么艰苦的脑力劳作。

有资料披露，南宋的戴复古在《论诗十绝》中有云：

论诗十绝（其三）③

戴复古

意匠如神变化生，

---

① 叶燮著，霍松林校注：《原诗》，人民文学出版社 1979 年版，第 30 页。
② 叶燮著，霍松林校注：《原诗》，人民文学出版社 1979 年版，第 31 页。
③ 陈光磊等编著：《中国古代名句辞典》，上海辞书出版社 2002 年版，第 999 页。

笔端有力任纵横。

须教自我胸中出，

切忌随人脚后行。

这也就是说，从实质上讲，写诗是从胸中"神变"而来的，这种"神变"，既要有生活的深刻体验，又需写作技巧。当然，如果摸出路子，便可"任纵横"，自然而生，写诗又不是难事。

戴复古的这首诗里，"切忌随人脚后行"一语很值得研究。写诗是一种艺术创造，不是"模式化"生产。"随人脚后行"必然走进模仿的死胡同，跟"模式化"生产差不多，不可能写出好诗来。夫作者如何能做到"切忌"，能避免这类陷阱？叶燮《原诗》中有一段很精辟的言论：

原夫作诗者之肇端而有事乎此也，必先有所触以兴起其意，而后措诸辞、属为句、敷之而成章。当其有所触而兴起也，其意、其辞、其句，劈空而起，皆自无而有，随在取之于心。

这说明，写诗要有所触才能"兴起其意"，以其意调动诗的语言成章，自然创造出诗的境界。

我们看看杜甫的《茅屋为秋风所破歌》就很清楚了。杜甫这首诗是因"八月秋高风怒号，卷我屋上三重茅"所造成的痛苦而"兴起"，写出来的。但诗人不仅仅是哀叹自己的不幸，而是进一步联想到与自己同样遭遇的人，表现了诗人的崇高思想与情怀。最后诗人喊出了"安得广厦千万间，大庇天下寒士俱欢颜，风雨不动安如山！呜呼！何时眼前突兀见此屋？吾庐独破受冻死亦足"这样震撼人心的诗句。

　　诗的意境一出，诗便有意外意、味外味，也当然不可能踏入别人走过的脚印里。这样也就诠释明白了：只有诗的核心问题弄清楚了，方能写出新诗、好诗。

友：那么，"泯端倪而离形象，绝议论而穷思维"应作如何解释？像天书，难以理解。

答："泯端倪而离形象"是指写诗可以泯除事、理的头绪去创作，创造意境。你可能是因对"离形象"的"离"字不解而被难住了吧，以为其意指离开形象，所以觉得难以理解。有些汉字的含义可作多种解释或古今有些变异。如"以意逆志"，其中"逆志"的"逆"就作"迎"讲。"泯端倪而离形象"的"离"与"罹"相通。"罹"即遭遇、遭受。诗经《邶风·新台》第三段开头写道："鱼网之设，鸿则离之。"设好渔网，鸿被网得，此处的"离"通"罹"。叶燮说的"离形象"，是指遭受形象，不是离开形象。"泯端倪而离形象"之意，我们读读李白的《赠汪伦》一诗，可能就清楚了：

赠 汪 伦①

李白

李白乘舟将欲行，

忽闻岸上踏歌声。

桃花潭水深千尺，

不及汪伦送我情。

　　这首诗写得情深意切，真挚淳厚，朴实自然，千古流传。假如换成散文来表达此情，就很难避免叙述感情的起因、过程，或离别深情的对话等。而全诗仅 28 个字，省略其他场景，只用"忽闻岸上踏歌声"托出汪伦这位好友，续用"桃花潭水深千尺，不及汪伦送我情"两句作结，却让读者深深感受到他们之间的情谊。其艺术效果可能是散文难以比拟的。

　　而贾岛写的一首诗更令人惊奇。他写的《寻隐者不遇》，就四句诗：

寻隐者不遇②

贾岛

松下问童子，

言师采药去。

---

① 熊礼汇评注：《李白诗》，人民文学出版社 2005 年版，第 125 页。

② 王启兴主编：《诗粹》上册，长江文艺出版社 1994 年版，第 420 页。

> 只在此山中，
>
> 云深不知处。

　　第一句只写了诗人在松树下问童子，问的什么没有说明。后三句是童子回答之语。从后三句来看，问的内容与"师"的情况已很清楚了，隐者超尘出世的品性跃然而出。这首诗写得很奇巧，令人玩味！

　　这也是所谓"泯端倪而离形象"作诗手法之一例。

友："绝议论而穷思维"呢？"不及汪伦送我情"算不算"议论"之语？

答：不能简单地理解"绝议论"三个字。"绝议论"是指不能用逻辑推理的语言来写诗，并不是说诗中不可说理。逻辑推理是理性的、对一般事物的推理，是实的理、科学的理。但诗要以思维形象来反映理、事、情。叶燮口出"绝议论"，紧接着以"穷思维"成句，形成了"绝议论"与"而穷思维"互文见义，将写诗的要义讲清楚了，阐明了不能采用逻辑推理的语言来写诗。"不及汪伦送我情"一语不属于逻辑推理，可以入诗，因为有"桃花潭水深千尺"一语在前，"不及汪伦送我情"便成为对汪伦送别我之深情的谢赞之语。关于这个问题，我们再来看明代诗人陆诗伯的《咏雪》：

咏 雪

陆诗伯

大雪纷纷下，柴米都涨价。
板凳当柴烧，吓得床儿怕。

如果是散文，"大雪纷纷下，柴米都涨价"，接下来要描述与涨价相关的具体情况，不然就成了一句空话。但诗到此戛然而止，后面只添了"板凳当柴烧，吓得床儿怕"两句。这四句很朴实、很自然的语言交织在一起，一幅大雪纷飞的日子里，底层贫困人民饥寒交迫的惨况图景便跃然眼前。试将这首诗拆开排成单行："大雪纷纷下""柴米都涨价""板凳当柴烧""吓得床儿怕"，似乎都可说是叙述、议论之言，用"穷思维"的方法集成便出现意境，就成为诗了。这也再次说明了"绝议论而穷思维"的内涵。因此，"绝议论"是指不能用逻辑推理的语言，必须"穷思维"去创造诗的意境，否则不能成诗。

对话之七
小说与诗中人物形象的差异

■ 内容提要：

- 小说中的人物形象是作家刻意塑造的鲜明的"这一个"。
- 诗的形象以意境完成，罩上了朦胧美。

友：诗要有形象，小说也必须塑造形象。诗与小说中的人物形象，
区别在什么地方？

答：小说中的人物形象是经过精心刻画出来的，这一个就是"这
一个"，形象很鲜明。《水浒》里的林冲与李逵都是武士出身，
但性格不同，在形象塑造中明显地表现了他们的不同特征。
《西游记》中的孙悟空，且不谈他随唐僧西路取经时所遇到的
种种难以想象的经历，仅"大闹天宫"一事，就让他的形象
深入读者的心坎。《三国演义》中的刘、关、张，尽管他们是
结义兄弟，但性格不一样，三人个性突出。《红楼梦》里的贾

宝玉、林黛玉、凤姐等，其形象之鲜明，更让人赞叹。小说的要旨是塑造出鲜明的人物形象，不然就不可能成为感人的小说。

诗的写作手法不同，诗中所出现的形象则不同，通称为意象或意境。我们前面谈过李白《赠汪伦》一诗，只见"忽闻岸上踏歌声"，再加上"桃花潭水深千尺，不及汪伦送我情"，不仅显示他们之间的友情，而且寥寥数语就让汪伦的形象进入读者心中。至于李白送孟浩然去广陵：

黄鹤楼送孟浩然之广陵①

李白

故人西辞黄鹤楼，

烟花三月下扬州。

孤帆远影碧空尽，

唯见长江天际流。

此诗只在诗题中出现过孟浩然三个字，诗中一字未提，而以故人称之。故人要走了，诗人没有正面叙写他们的离情别语，只是轻轻点了两句："孤帆远影碧空尽，唯见长江天际流。"读者仿佛看到李白迷茫惆怅的身影屹立于江岸，也由

---

① 熊礼汇评注：《李白诗》，人民文学出版社 2005 年版，第 16 页。

"远影"而领略到孟浩然远离时的状态。

友： 小说与诗中的形象如此不同，原因何在？

答： 前面说过，小说中的人物形象是作家刻意塑造的，都是鲜明的"这一个"。而诗中的形象是以意象见长，以意境来完成，罩上了一层朦胧美。所谓"引人于冥漠恍惚之境"，李白这两首送别诗就是如此使读者进入艺术境界的。这是诗与小说所塑造形象的不同之处。

小说与诗歌中形象的差异，可以这样来概括——小说中的形象是鲜明的，这一个就是"这一个"，诗歌中的形象则罩上了一层"朦胧美"，需以"神明"来领会，需采用创造"意"之"象"的方法来完成。

对话之八
抒情散文与抒情诗的区别

■ 内容提要：

• 抒情散文与抒情诗是两种不同的文体，写作方法不同，写作效果也不同。

• 抒情散文缘情而作，其句与句之间具有一定的逻辑性。抒情诗的创作需要特殊的形象思维，以创造意境为最。

友：有一种散文叫抒情散文，抒情散文是抒情的，抒情诗也是抒情的。抒情散文的抒情与抒情诗的抒情有区别吗？区别在哪？

答：抒情散文就是抒情的散文，是散文；抒情诗就是抒情的诗，是诗。它们是不同的文体。

有的人认为，诗是分行排列的，散文不分行。这只看到两种文体表面形式的不同。诗与散文的区别在于有无意境。诗必须有意境，散文则记其事、述其理、抒其情即可。至于抒情散文与抒情诗的抒情怎样区别的问题，在此做个对比就清楚了。

韩愈写了一篇纪念他的亡友柳子厚的抒情散文《祭柳子厚文》，现采之以做分析：

祭柳子厚文①
韩愈

维年月日，韩愈谨以清酌庶羞之奠，祭于亡友柳子厚之灵：

嗟嗟子厚，而至然耶！自古莫不然，我又何嗟？人之生世，如梦一觉。其间利害，竟亦何校？当其梦时，有乐有悲。及其既觉，岂足追惟？

凡物之生，不愿为材。牺尊青黄，乃木之灾。子之中弃，天脱鬾羁。玉佩琼琚，大放厥词。富贵无能，磨灭谁纪？子之自著，表表愈伟。不善为斫，血指汗颜。巧匠旁观，缩手袖间。子之文章，而不用世。乃令吾徒，掌帝之制。子之视人，自以无前。一斥不复，群飞刺天。

嗟嗟子厚，今也则亡。临绝之音，一何琅琅。遍告诸友，以寄厥子。不鄙谓余，亦托以死。凡今之交，观势厚薄。余岂可保，能承子托？非我知子，子实命我。犹有鬼神，宁敢遗堕？念子永归，无复来期。设祭棺前，矢心以辞。呜呼哀哉，尚飨！

---

① 刘禹昌、熊礼汇译注：《唐宋八大家文章精华》，荆楚书社 1987 年版，第 129 页。

　　文章字字句句，殷殷切切。无论对"人之生世，如梦一觉""岂足追惟?"人生必然归宿的祭告安抚，对"子之中弃"的愤慨，对"子之自著，表表愈伟"辉煌成就的赞叹，或对子厚死后托付之事的应诺，都表露了发自肺腑的真挚情感，都是具真情实感之言。

　　而诗呢? 读一读毛主席的《蝶恋花·答李淑一》，便可知其独有的特点：

蝶恋花·答李淑一①

毛泽东

我失骄杨君失柳，

杨柳轻飏直上重霄九。

问讯吴刚何所有，

吴刚捧出桂花酒。

寂寞嫦娥舒广袖，

万里长空且为忠魂舞。

忽报人间曾伏虎，

泪飞顿作倾盆雨。

---

　　① 中共中央文献研究室编：《毛泽东诗词集》，中央文献出版社1996年版，第100页。

　　这首诗也是纪念追忆逝去的亲人故友，但写作方式方法不同。"我失骄杨君失柳"，表明作者是无限痛苦的。但第二句跃过第一句的悲感，出现"杨柳轻飏直上重霄九"的意象，使人感到一些安慰。随之而来的是"吴刚捧出桂花酒"，嫦娥为之"舒广袖"，气氛热烈景象的展现，与《祭柳子厚文》的"嗟嗟子厚""人之生世，如梦一觉""岂足追惟？"就大相异趣。革命志士是怀着崇高的理想信念奔赴战场的，忽闻人间"伏虎"，理想得以实现，泪水"顿作倾盆雨"就是理之所在，与《祭柳子厚文》中"念子永归，无复来期"的悲哀，是不可比拟的。这不仅与时代、作者之个性等相关，更与两种不同的艺术体裁的差异相关。我们曾分析诗与小说中的形象之不同，小说中的形象是有鲜明个性的，而诗中的形象却是带着朦胧之美的；抒情散文《祭柳子厚文》直诉胸中垒块，句句情真，实情实感。而《蝶恋花·答李淑一》词也抒情，但它是以诗词的境界特点见诸读者，以革命烈士的高尚气节形诸意境，给读者以"良玉生烟"之感。这也正是抒情散文与抒情诗的抒情形态之不同。

友：抒情散文与抒情诗产生如此不同的效果，原因是什么？

答：抒情散文与抒情诗的抒情方法与效果有差异，缘何因素？是因为散文与诗的语言属性不同。抒情散文有别于理论文章——理论文章以逻辑推理为主，抒情散文以抒情为主，虽缘情而作，但句与句之间还具有一定的逻辑性，不能像诗那样张开奇异的翅膀随意飞行。诗则不同。诗词的创作需要特殊的形象思维，可以冲破语法的约束，以跳跃性、意示性的语言写作，以创造诗的境界为最，以创造意境为己任。

诚然，有些抒情散文也会出现意境，这是诗语言渗透的产物，不是它固有的。我们已作过分析，不做赘述。

以上之言，就是我认为是它们两者之间的实质性不同所在。

对话之九
对于各种诗话，应该怎样去研究

■ **内容提要**：

● 钟嵘的《诗品》对诗评、诗话的写作具有开创之功。

● 至于众多诗评、诗话，我没有做深入的比较研究，只把合适的拿过来为我所用。

● 我的目标是探索诗的本质。

友：诗话诗评的相关著作很多，比如钟嵘就写过《诗品》，先生有没有对诸多的诗话诗评做过深入的比较研究？

答：很抱歉，没有做过什么深入的比较研究，我只是把其中对我有用的东西拿过来为我所用就作罢，实在抱歉！

至于谈到钟嵘，《诗品》可以说具有开创之功。他的《诗品》现于诗坛后，影响很大，诗评、诗话随之大量产生。钟嵘属梁朝人，司空图属唐朝人，相距三百年左右，司空图是否也受钟嵘的影响，没有考证。钟嵘论诗，在《诗品》中就提过许多精到的看法，如"使味之者无极，闻之者动心，是诗之至也。"又指出，诗到"清浊通流，口吻调利，斯为足矣""文多拘忌，伤其真美。"① 这无疑都是很有价值的，读之令人受益不浅。

友：你对诗论中的各种论说，如诗言志说、诗缘情说、神韵说、妙悟说等，有怎样的看法？你能否也来论说论说？

答：对，关于诗，有众多诗说诗论，并且还产生了诗派，我对这些都无意评论，我只是探索诗的本质问题。各种诗说都从不同的角度阐释了诗的各种特点，给我提供了丰富的资料，也给了我丰富的营养。当然，那些提倡"文必秦汉，诗必盛唐"，还有什么尊"台阁体"之说，等等，我是不会理会的。

友：张先生，你说对提倡"文必秦汉，诗必盛唐"与尊"台阁体"之说"不会理会"，用"不理会"三个字拒之，不怕别人说你过于执拗了吗？

答：不，理之所在。我所反对的是他们理论中的不合理部分，不是反对向盛唐的优秀诗歌学习。"文必秦汉，诗必盛唐。"一个"必"字就限制了学习的范围，也必然限制了诗的发展。词称作"诗余"，词不也是由诗发展出的一朵新花吗？所谓"诗必盛唐"是错误的，尊"台阁体"更是一种后退之举。诗是向前发展的，但不管怎样变，它的本质是不能变的。

---

① （清）何文焕辑：《历代诗话》，中华书局 1981 年版，第 3、5 页等。

至于诗言志、诗缘情说，有一定的合理性，但不能概括诗的全旨。诸葛亮的《出师表》①、李密的《陈情表》②，明志铮铮，缘情论事深切感人，都不是诗，是散文。既然散文也可以抒情言志，就不只有诗可以抒情言志了。然而说诗"缘情""言志"是对的，只是诗还有其独到的特点。诗言志、诗缘情说未能直指诗的奥秘。

神韵说、妙悟说分别揭示了写诗时的某些表象问题，但都是一般性的，属表皮之说，没有揭示诗的本质。而我的做法是追求诗的本质，探索诗的内部奥秘、诗的不变之本原，别无他求。

友：你说的不变之本原，是指什么？

答：是指诗应有的意境，或者说诗的境界不能变。这是诗与其他文体的不同之处。应该清楚，诗是以意境来抒情言志的。

友：你说的"应有的"这个词是何意？

答："应有的"就是不可或缺的，是事物的核心或灵魂。事物不可无核心，诗不可无灵魂。诗的灵魂是意境，诗就是靠意境的艺术魅力去感染人、打动人的艺术创作活动的产物。所谓"不著一字，尽得风流"，不是意境之用能"风流"得起来吗？有人称诗有"水中之月"之感，"水中之月"的朦胧美，这种极

①　周大璞、刘禹昌、王启兴主编：《古文观止注译》，湖北人民出版社 1984 年版，第 431 页。
②　周大璞、刘禹昌、王启兴主编：《古文观止注译》，湖北人民出版社 1984 年版，第 443 页。

致的高级艺术，没有意境的特有作用，能创造出来吗？所以我认定，诗应有的本质是不能变的，否则就不是诗了，是他种作品了。

友：你说，意境是诗的本质，是诗与其他文体不同的地方。那你怎么解释有人说散文也是具有意境的呢？

答：不，散文不具有意境。这个问题我曾经说过，散文的指归是记述、明理、言情、状物，其任务是将所言之理、所述之事、所状之物展现在读者面前。散文的语言具有一定的语言规范，写的都是实理、实事、实情，不具意境。有些散文也出现过意境，纯粹是受到诗的特有语言渗透的结果，不是散文固有的。各种文体间的语言渗透自古有之，不在此赘述。诗语言向散文渗透，就可能产生一种寄生物——意境，这种寄生物给散文增添了光彩。我在《意境产生缘由考》一文中有过论述，不再赘述。请看书后附录。

对话之十
关于"隔""不隔"与"有有我之境""有无我之境"

■ **内容提要**:

- "隔"与"不隔"之说做出了贡献。
- "有无我之境"为什么会受到质疑?
- "有无我之境"的提出对诗的创作带来不良的冲击。

友：王国维是国学大师，在《人间词话》中提出了许多新观点，比如"隔""不隔"、"有有我之境""有无我之境"之说，请你详细评析评析，以正其意。

答：研究王国维的这两个观点的文章，可说是以十百数计。王国维提出的这些新概念，其意蕴很深，有的深到摸不着底，对此大可做一番研讨，我只能谈点自己的看法。

王国维说的所谓"不隔"，其解释说："语语都在目前，便是不隔。"他举例"池塘生春草""空梁落燕泥"等，说

"妙处都在不隔。"

"池塘生春草"是谢灵运《登池上楼》中的诗句，"空梁落燕泥"是薛道衡《昔昔盐》中的诗句，都是诗中的妙语。王氏还举例了这首诗：

敕 勒 歌①

敕勒川，

阴山下，

天似穹庐，

笼盖四野。

天苍苍，

野茫茫，

风吹草低见牛羊。

他认为写景如此，方为"不隔"。这首诗是大家都所熟识、传诵的《敕勒歌》，写出了大草原无限苍茫、牛羊满地的景象。那么这"不隔"就很清楚，是指诗句的语言自然、朴素并能遵循诗的语言特点而构成诗的意境。

什么是"隔"呢？他认为"谢家池上，江淹浦畔"两句诗"隔矣"。因为这两句话分别借用了谢灵运《登池上楼》中

---

① 郭绍虞主编：《中国历代文论选》下册，中华书局 1963 年版，第 438 页。

"池塘生春草"与江淹《别赋》中"送君南浦"之意，语平意浅，没有写出诗的新境界。

这就是说，诗语言自然通畅，符合诗体语言要求的为"不隔"，不符合的则为"隔"。如果用"达"字来表示"隔"与"不隔"，则"隔"为没有达到诗的境界，"不隔"则为达到了诗的境界。换言之，"达"则为"不隔"，"不达"就是"隔"了。

友：说得很有意思，我很欣赏你的看法。那么，"有我之境""无我之境"，你如何解释？

答：这个问题比较复杂，这也是王氏在《人间词话》中独创的概念。

他认为诗词"有有我之境，有无我之境"。"泪眼问花花不语，乱红飞过秋千去"为有我之境，"采菊东篱下，悠然见南山"是无我之境。他这样区分有我之境与无我之境："有我之境，以我观物，故物皆著我之色彩；无我之境，以物观物，故不知何者为我，何者为物"。他以陶渊明的"采菊东篱下，悠然见南山"为无我之境。那么柳宗元的《江雪》：

江　雪①

柳宗元

千山鸟飞绝，万径人踪灭。

---

① 王启兴主编：《诗粹》上册，长江文艺出版社1994年版，第412页。

孤舟蓑笠翁，独钓寒江雪。

此诗与陶渊明《饮酒》其五中"采菊东篱下"相比，同样是物皆没有"著我之色彩"，也是"无我之境"吗？

这是很值得商榷的。

《江雪》这首诗是诗人被贬谪永州时所作。诗中描写奇峭广漠的江中正飞雪，一位渔翁披蓑衣孤舟行钓，诗中并无"我"字。这不正是反映出诗人虽身感被贬谪的孤独冷寂而不屈的精神吗？这能判为"无我之境"吗？王国维自己也曾说过："昔人论诗词，有景语、情语之别，不知一切景语，皆情语也。"既然景语皆情语，那一切景语都是有"情"的，即有我的，那"无我之境"又如何来的？王国维这样说本身就是矛盾的。

诚然，诗家、评论者说什么是他的自由，说诗有"隔"与"不隔"也好，"有有我之境"与"有无我之境"也好。但用"隔"与"不隔"来评论诗写得是否自然，是否有境界，是作出了贡献的，比用评论炼字炼句的"工"与"不工"更为了当。但将诗分为"有有我之境"与"有无我之境"是不妥的。凡诗皆有"我"之情在。说有"无我之境"之诗是一种误解。叫先生你作篇"有无我之境"之诗，你写得出来吗？那你只会浪费光阴，白费功夫。信吗？不信你就试试。我愿等着你辉煌成功的佳作。

对话之十一
对"有无我之境"的批评是否过分了

■ 内容提要：

• "有无我之境"之诗是一种误解或幻想，在现实中是不存在的。

• 王国维写过不少诗，但他写不出也无法写出一首"有无我之境"之诗。

• 对王国维的诗词论也应采取批判选择之通理。

友：从前面的谈话中，我发现你对王国维的诗词论是很有自己的看法的，对吗？

答：对什么问题都应该实事求是，人人都应怀着批判选择之通理。

友："批判选择之通理"是什么意思？我说得离题一点，难道你对马克思都要用这个批判选择之通理吗？

答：批判选择之通理就是要验证事实，验证真理，对待问题都应该有个实事求是的态度。对于马克思，也可以是这样的态度。我们信仰马克思主义，因为我们研究过他论证社会的发展规律是符合实际的，共产主义的必然发展是因为社会生产力的发展与私有制之间存在着不可调和的矛盾。

同样地，我们对王国维的诗词论，他说得对的，就赞同，予以赞誉之词；他说得不对的，就应提出反对意见或进一步商榷。他举例陶渊明的"采菊东篱下，悠然见南山"等作为"有无我之境"是不妥的，所以我们不同意。因为这些诗词都是有"我"之情在的。李渔早就在《窥词管见》中指出："说景即是说情，非借物遣怀，即将人喻物。有全篇不露秋毫情意，而实句句是情，字字关情者。"① 王国维自己也没有写过一首"有无我之境"的诗示人，因为事实上是不可能做到的。我们倒是看到他有这样的作品：

罗雪堂参事六十寿诗（乙丑）

王国维

一

卅载云龙会合常，半年濡呴更难忘。

昏灯履道坊中雨，羸马慈恩院外霜。

事去死生无上策，智穷江汉有回肠。

---

① 陈庆辉著：《中国诗学》，台北文史哲出版社 1994 年版，第 139 页。

毗蓝风里山河碎，痛定为君举一觞。

二

事到艰危誓致身，云雷屯处见经纶。

庭院雀立难存楚，关塞鸡鸣已脱秦。

独赞至尊成勇决，可知高庙有威神。

百年知遇君无负，惭愧同为侍从臣。

王国维是清朝皇帝溥仪的侍臣，他为罗振玉写六十寿诗是1925 年的事，当时溥仪大势已去，他在诗中还发出"事去死生无上策，智穷江汉有回肠"的哀叹之声；并且，他清楚当时已是"庭院雀立难存楚，关塞鸡鸣已脱秦"，还把复辟的希望寄托在"至尊"，即溥仪身上。这首诗充分地反映了王国维与当时风起云涌的革命形势之间不可调和的矛盾。纵观王国维的诗作，没有见到过"有无我之境"的诗作。因此，王氏的创作与他的某些诗歌理论是有冲突的。

友：先生之言是否太过了？（笑）

答：不，事实就是如此。这就是我对"有有我之境"与"有无我之境"、"隔"与"不隔"的批判选择。

对于这个问题，有学者作过评析：

这大约是他受叔本华哲学思想影响的结果。他在《叔本华之哲学及教育学说》一文中引述叔本华哲学观点："若我之为我，则为物之自身之一部，昭昭然矣。而我之为我，其现于直观中时，则块然空间及时间中之一物，与万物无异。然其现于反观时，则吾人谓之意志之不疑也。"叔本华认为，"我之为我"是"物之自身之一部"，人在直觉中，就成了空间时间中之一物，这就是王国维之所谓"无我之境"：直觉中对客观景物的感受就是"以物观物"。①

西方理论家的思维方式方法与中国的思维是有差异的。我们不能仅仅说王国维受了叔本华理论的影响就了事，而是必须说明王国维沿袭或借用叔本华的观点妥不妥、对不对，这才是问题的关键所在。

王氏所举"采菊东篱下，悠然见南山"为"有无我之境"。这两句诗出自陶氏《饮酒二十首》，原诗为：

饮酒二十首（其五）②

陶渊明

结庐在人境，而无车马喧。

问君何能尔，心远地自偏。

采菊东篱下，悠然见南山。

山气日夕佳，飞鸟相与还。

---

① 陈庆辉著：《中国诗学》，台北文史哲出版社 1994 年版，第 141 页。
② 王启兴主编：《诗粹》，长江文艺出版社 1994 年版，第 160 页。

此中有真意，欲辨已忘言。

在此诗前有序曰："余闲居寡欢，兼比夜已长，偶有名酒，无夕不饮。顾影独尽，忽焉复醉。既醉之后，辄题数句自娱……"

陶渊明不为五斗米折腰而归田园，并赋《归去来兮辞》以明志，他写诗是表达对社会黑暗的不满，他能"以物观物"来写作吗？陶诗中所说的"采菊东篱下，悠然见南山"只写了他田园生活中的一个细节，并不是"以物观物"的"有无我之境"。看诗须看全篇，不能仅据诗中某一两句话就下结论。王氏所作的评述，便是他思想上的偏误的反映。

我不同意王氏"有无我之境"的观点，并不是否认王氏对诗词理论的贡献。王国维是国学大师，他的《人间词话》《元剧之文章》等，影响巨大。但王国维受叔本华哲学与美学理论的影响，思想很复杂，他做了一些不该做的事，说了一些不该说的话。他的沉湖是愚蠢、错误的，他在《文学小言》（二）中说"文学者，游戏的事业也"也是不正确的。

我认为王国维提出"以物观物"为"有无我之境"，将"我"与"物"皆"物"化，是做不到的。"我"（诗人）写作，要看所创之"境"是否符合心态，能否充分抒发"喜怒哀乐"之情。写诗要创造意境，"物"能做到这些吗？王氏的说法是不可取的。这种说法干扰甚至冲击着人们对诗的正确理解，对诗的创作危害更大，用"有无我之境"去引导创作，将失去人的主观能动创造力，陷入创作歧途。这就是我不同意王氏此论的原因所在。

对话之十二
王国维诗词论的成就与缺失，孰轻孰重

■ **内容提要：**

- 王国维的诗词论有缺憾，但他对诗学美学的贡献是公认的。
- 王国维的诗学理论中有最值得赞赏的两句话。

友： 张先生，这么说来，你对王国维的看法是不是不怎么好？

答： 不。王国维是我国近代著名学者，著作甚丰。除了《人间词话》，还有《文学小言》《海宁王静安先生遗书》《宋元戏曲考》等①，影响深远。王氏的文学观既闪耀卓越的见解，又呈现多重的矛盾性。他说得对的，我们接受，点赞；他说得不对的，我们当然不会同意、不会接受。我只谈了我作为一个读者的真实感受。

---

① 郭绍虞主编：《中国历代文论选》，中华书局 1963 年版，第 447 页。

友：《人间词话》中，有哪些话是你最赞赏的？

答：王氏的《人间词话》中，我最感兴趣的是这两句：

一是"词以境界为最上"。

二是"有境界则自成高格、自有名句"。

第一句"词以境界为最上"，阐明诗词的核心是境界，没有境界的诗词不能达到"最上"，实质上是不能成为真正的诗词的，诗词必须写出意境。

第二句"有境界则自成高格，自有名句"，表明有境界的诗词有具有很高的格调，会有名句出现。写诗词的人很多。然而，有些写作者却只注重诗词的格式、平仄、韵脚，写来写去还是写不出好作品。

王国维这两句话，将境界提升到诗词的"统领"高度，是对诗词研究的重大跨越。

我们仔细地读一读杜甫的《闻官军收河南河北》一诗，就会很清楚：

闻官军收河南河北①

杜甫

剑外忽传收蓟北，

初闻涕泪满衣裳。

---

① 王启兴主编：《诗粹》，长江文艺出版社 1994 年版，第 328 页。

却看妻子愁何在，

漫卷诗书喜欲狂。

白日放歌须纵酒，

青春作伴好还乡。

即从巴峡穿巫峡，

便下襄阳向洛阳。

这首诗不是很感人，格调很高吗？这是杜甫流寓于梓州时，听到安史之乱被平定，欣喜若狂，写出了"初闻涕泪满衣裳，却看妻子愁何在，漫卷诗书喜欲狂"等诗句，抒发了"真感情"，形成了诗的感人意境，出现了"白日放歌须纵酒，青春作伴好还乡"这样流传千古的名句。

我们再看看杜牧的这首诗。

泊秦淮①

杜牧

烟笼寒水月笼沙，

夜泊秦淮近酒家。

商女不知亡国恨，

隔江犹唱后庭花。

---

① 王启兴主编：《诗粹》，长江文艺出版社1994年版，第438页。

　　这是晚唐七言绝句中的名作，写得很深沉。诗人通过夜泊秦淮所见所闻，描绘了晚唐统治阶级在亡国之际仍耽于醉生梦死的淫靡生活。特别是"商女不知亡国恨，隔江犹唱后庭花"之句，引起人们的共鸣与警醒。

　　这两首诗，都是以诗的意境示人、感人的。

　　王国维的这两句话从侧面道出了写诗的桎梏所在，给人以启示，所以我特别欣赏。

　　我们并不否定诗的格式、韵脚等的作用，然而这些都是表皮之相，诗的实质是意境。

　　境界之说，并非王氏首创。明代的朱承爵在《存余堂诗话》就有"作诗之妙，全在意境融彻，出音声之外，乃得真味"之言①。叶燮在《原诗》中对此作了精辟的论述。早于王国维九十多年的潘德舆先生，对诗的高层低层里里外外诸多方面都作了一番研究，在《养一斋诗话》中也曾指出："《三百篇》之体制音节，不必学，不能学；《三百篇》之神理意境，不可不学也。"② 他的看法是很有见解的。唯有王国维这两句话——"词以境界为最上""有境界则自成高格，自有名句"，进一步阐明了意境的意义与作用。写诗必须以创造意境入手，不能陷入"掇采字句，抄集韵脚"之泥潭，而以创造意境为要旨来调运诗的格式与词句，因此，它具有重要价值。

---

① （清）何文焕辑：《历代诗话》，中华书局 1981 年版，第 792 页。
② 蔡守湘主编：《历代诗话论诗经楚辞》，武汉出版社 1991 年版，第 151 页。

　　　　王国维的《人间词话》是著名论作，提出了许多新名词新概念，值得尊重。学者滕咸惠指出："《人间词话》是中国古典诗学的终结"，是很值得研究的①。

友： 你这番话对王国维赞美有加，但前面又说过对他的不对之处不能接受，可谓是褒贬有度吧。

答： 不，不存在褒贬问题。我们做什么都要实事求是，对王氏也一样。他说得对的地方，作出了贡献，就应予以肯定、赞扬、提倡；对他的一些不正确的看法，就应予以否定，这也是维护真理的做法，不是别的什么。比如王氏的这段话："客观之诗人，不可不多阅世。阅世愈深，则材料愈丰富，愈变化，《水浒传》《红楼梦》之作者是也。主观之诗人不必多阅世。阅世愈浅，则性情愈真，李后主是也。"②

　　　　他谈到"客观之诗人"时，强调了写作与生活的关系，是对的。但他谈到"主观之诗人"时以李后主为例，提出"阅世愈浅，则性情愈真"，则是错误的。其错在强调了主观精神的独立活动，将抒情写作排斥于现实生活之外，但情况并非如此。李后主的词情真意切，他前期的作品缠绵艳丽，是因为他生活在深宫之中，表达的是他那时的生活感受；后期的作品凄凉悲切，是因为他过着臣虏的痛苦生活，表达的也是他的

---

　　① 牟世金主编：《中国古代文论家评传》，中州古籍出版社 1988 年版，第 1137 页。

　　② 郭绍虞主编：《中国历代文论选》下册，中华书局 1963 年版，第 437 页。

生活感受，一言以蔽之，李后主的作品都是与他的生活阅历密切相连的。关于这个问题，已有数以千计的文章作过分析与评论，我不能再说什么了，再多说也是不必要的赘言了。

诚然，俗语说："人无完人，金无足赤。"王国维的诗词论尽管存在一些问题，并不影响他成为著名的诗学美学大师，他的贡献是巨大的。

对话之十三
意象、意境、境界之区分

■ **内容提要：**

- 意境的提出。
- 意象与意境应是两个不同的概念。
- 意境与境界应是同一概念，在诗中则称意境更好。

友：有人说诗是有意象的，有人说诗是有意境的，有人说诗是有境界的；意象、意境、境界是不是同一概念？如果是不同的概念，又如何区分，其界限在哪?

答：关于这几个概念，各有不同的提法与解释。

我们先谈谈意境与境界。我们前面谈过，对于"意境"这一概念，明代的朱承爵在《存余堂诗话》中就指出："作诗之妙，全在意境融彻，出音声之外，乃得真味。"① 有人认为，唐代王昌龄在《诗格》中就提出过诗有三境，即"物境""情境""意境"，意境首先应是王昌龄提出的。"关于《诗格》的真伪，议论颇多"②。但不管是否伪作，《诗格》三境中的"意境"，显然与朱承爵提出的"意境"的内涵是不同的。朱承爵提出的意境是指诗的要旨，对于研究诗的本质是一大贡献，但"意境融彻"则语焉不详。叶燮提出诗的"至处"是境界。

王国维的意境说，最先提出的是"境界"，后来在《元剧之文章》中才提出"意境"这个概念。他在《人间词话》中说："词以境界为上，有境界则自成高格，自有名句。"王氏所指境界就是意境。我们把他在《人间词话》与《元剧之文章》中所阐释的部分一对比就清楚：

《人间词话》中有这样一段话：

大家之作，其言情也必沁人心脾，其写景也必豁人耳目。其辞脱口而出，无矫揉妆束之态。以其所见者真，所知者深也。诗词皆然。③

---

① （清）何文焕辑：《历代诗话》，中华书局 1981 年版，第 792 页。
② 陈庆辉著：《中国诗学》，台北文史哲出版社 1994 年版，第 131 页。
③ 郭绍虞主编：《中国历代文论选》下册，中华书局 1963 年版，第 439 页。

在《元剧之文章》中则说：

然元剧最佳之处，不在其思想结构，而在其文章。其文章
之妙，亦一言以蔽之曰：有意境而已矣。何以谓之有意境？
曰：写情则沁人心脾，写景则在人耳目，述事则如其口出是
也。古诗词之佳者，无不如是。元曲亦然。①

这里说得很清楚，在谈论境界时所说的"其言情也必沁
人心脾，其写景也必豁人耳目。其辞脱口而出"与谈意境时
所说的"写情则沁人心脾，写景则在人耳目，述事则如其口
出是也"，只有个别字不一样，内涵是相同的。因此，王氏所
说的境界，就是意境。

意境与境界都是指诗的妙处，内涵相同。但两者相较而
言，我认为以意境称之更好，因为境界这个词，也常用于人
的思想等方面。而意境即意之境，用在艺术方面则更能显出
其微妙的内涵。

友：你这么一说，意境与境界的问题清楚了，但意境与意象有区别吗？

答：有学者认为意象与意境是同一概念，也有人认为意境与意象是
不一样的。意象是指诗的某一部分，有时一两句就可构成意
象；而意境是就诗的整体而言的。我同意后者的看法，现就试

---

① 郭绍虞主编：《中国历代文论选》下册，中华书局1963年版，第448页。

以王维的诗来分析：

山居秋暝①

王维

空山新雨后，天气晚来秋。

明月松间照，清泉石上流。

竹喧归浣女，莲动下渔舟。

随意春芳歇，王孙自可留。

　　这是王维描写初秋傍晚雨后辋川的幽静景色之作。"明月松间照，清泉石上流"是名句，描绘皓月高照山间淙淙流水的清丽夜景，为人们所传诵。这句也构成诗中的一处"意象"。而"竹喧归浣女，莲动下渔舟"又构成一处"意象"，这两处"意象"都表现出幽静恬谧之景色，令人向往。但王维仕途不顺，屡遭挫折，他不属于王孙贵族之列了。在这个美好的地方，他触景生情，写下了尾联，诗的境界即起变化。我们读完全诗，特别是读到"随意春芳歇，王孙自可留"之后，深感作者怀才不遇，过着亦官亦隐生活的无奈痛苦。

　　这说明意象与意境的内涵是不尽相同的。我同意这样的观点：意象与意境是两个不同的概念。

----

① 王启兴主编：《诗粹》上册，长江文艺出版社1994年版，第279页。

对话之十四

"诗眼" 之说辨析 （上）

■ **内容提要：**

- 诗眼是什么，人们对它的看法是否一致？
- 《辞海》对诗眼的注释。
- 《现代汉语词典》中没有"诗眼"一词。

友： 有人说，诗是有诗眼的，你以为如何？

答： 是的，有人认为诗是有"诗眼"的。苏轼的《次韵吴传正〈枯木歌〉》中有"君虽不作丹青手，诗眼亦自工识拔"①。袁宏道在《与伯修书》中说："近来诗学大进，诗集大饶，诗肠大宽，诗眼大阔。"两人都提出了"诗眼"。

友： 那么，诗眼指什么？

① 查慎行补注，王友胜校点：《苏诗补注》，凤凰出版社 2013 年版，第 1108 页。

答：这个问题有点复杂。清代的刘熙载在《艺概》卷二"诗概"中有这样的表述："炼篇、炼章、炼句、炼字，总之所贵乎炼者，是往活处炼，非往死处炼也。夫活，亦在乎认取诗眼而已。""诗眼，有全集之眼，有一篇之眼，有数句之眼，有一句之眼；有以数句为眼者，有以一句为眼者，有以一二字为眼者。"①

　　对于"诗眼"，《辞海》有这样的注释："①诗人的艺术鉴别力。范成大《次韵乐先生除夜三绝》'道眼已空诗眼在'。②即'句中眼'，指一句诗或一首诗中最精练传神的一个字。见魏庆之《诗人玉屑》卷六。也指一篇诗的眼目，即全诗的主意所在。李商隐《少年》诗，纪昀评："末句是一篇之诗眼。"②

　　这里说得比较明确。诗眼，一是指诗人的艺术鉴别力，二是指"句中眼"，即全诗主旨所在。

　　学者一般认为，诗眼乃指句中眼。

友：王国维说："'红杏枝头春意闹'，着一'闹'字而境界全出。"这个"闹"字就是诗眼吗？

答：王国维谈这个"闹"字时，没有说它是"诗眼"，但他认为这个"闹"字让境界全出，这一点值得研究。

　　"红杏枝头春意闹"句出自宋祁的《玉楼春·春景》，这

① （清）刘熙载：《艺概》，上海古籍出版社 1978 年版，第 78 页。
② 夏征农、陈至立主编：《辞海》，上海辞书出版社 2009 年版，第 388 页。

首诗一出来就受到热捧，认为"红杏枝头春意闹"写得妙，"闹"字写出春意的盛景，作者因此而得到"红杏尚书"的雅号。我们来看一看这首诗：

玉楼春·春景①

宋祁

东城渐觉风光好，縠皱波纹迎客棹。

绿杨烟外晓寒轻，红杏枝头春意闹。

浮生长恨欢娱少，肯爱千金轻一笑。

为君持酒劝斜阳，且向花间留晚照。

显然，这里红杏枝头的"闹"，是作为"绿杨"之外的另一个场景而写的，它们之间是并列句式。如果说写得好，只能说这个"闹"字写得很"工"，写出了春日里红杏在枝头开放的盛景。而这首词的下片写得很清楚，"浮生长恨欢娱少"，这是词的主旨，抒发了作者"肯爱千金轻一笑"的情怀，这个"闹"字能概括进这样的情怀吗？说一个"闹"字就让"境界全出"说得过去么？

就王国维对境界的界定来看，王氏认为："词以境界为最上，有境界则自成高格，自有名句。"词有境界出"名句"，

---

① 王启兴主编：《诗粹》，长江文艺出版社 1994 年版，第 570 页。

这里的境界应是指全词来说的，而王氏又说："红杏枝头春意闹，着一闹字而境界全出。"即"闹"字将诗的境界都"闹"出来了。这就相互矛盾，因此，王国维说"红杏枝头春意闹，着一闹字而境界全出"，这是不妥的。

友：有人认为"春风又绿江南岸"中的"绿"字是诗眼，有人又说李白《梦游天姥吟留别》的最后两句"安能摧眉折腰事权贵，使我不得开心颜"是诗眼，你认为对不对？

答："诗眼"这个词很别致，诗评家爱怎么说都有其自由。然而称之为诗眼，就表明它是诗的眼睛，当然是能洞见全诗、表达诗意的。只用诗中的一个动词或形容词，或用诗中的一两句警句能做得到吗？

"春风又绿江南岸"出自王安石的诗《船泊瓜洲》：

船 泊 瓜 洲①

王安石

京口瓜洲一水间，
钟山只隔数重山。
春风又绿江南岸，
明月何时照我还。

---

① 王启兴主编：《诗粹》，长江文艺出版社 1994 年版，第 612 页。

"春风又绿江南岸"中的"绿"字，的确是写活了江南春色，但它能概括"明月何时照我还"的心情吗？

《梦游天姥吟留别》是一篇长达四十五句的歌行诗，以"安能摧眉折腰事权贵，使我不得开心颜"两句为"诗眼"，就能代表李白遭谗言去国，愤怒之情不可遏，托言梦游以寄情的诗意吗？应该是欠妥的。

我们再看一看杜甫的《登高》，就更清楚了。

登 高①

杜甫

风急天高猿啸哀，渚清沙白鸟飞回。

无边落木萧萧下，不尽长江滚滚来。

万里悲秋常作客，百年多病独登台。

艰难苦恨繁霜鬓，潦倒新停浊酒杯。

这首诗被誉为"古今七律第一"。诗全用律句，对仗工整，音韵和谐，大气感人。诗眼在哪里呢？你认为其中哪个动词或形容词是诗眼？找不出来！或能否以"艰难苦恨繁霜鬓，潦倒新停浊酒杯"作诗眼？也不行！那就把杜甫变成一个潦倒并以浊酒浇愁的老翁了。

---

① 王启兴主编：《诗粹》，长江文艺出版社 1994 年版，第 332 页。

　　现在我们回头来谈谈这首诗与杜甫。杜甫是诗人，常常万里做客，为友谊，为创作。杜甫有理想，有抱负，"致君尧舜上，再使风俗淳""安得广厦千万间，大庇天下寒士俱欢颜"。他在现实中屡遭失败，尝遍了人生酸甜苦辣，自有愤懑于怀。恰逢重阳节登高望远，面对无边落木之秋色、滚滚而流的长江而触景生情，创作了这首表达怀才失意、身世漂泊、垂老多病、愁绪满怀的无限感慨的诗篇。这首诗的意境创造，是以诗的形式及其独特的功能来达成的，它具有"含蓄无垠，思致微渺"的特点，不是仅仅用什么"诗眼"能表达出来的。

　　我认为《梦游天姥吟留别》不能以"安能摧眉折腰事权贵，使我不得开心颜"两句作"诗眼"来表达诗的意旨，原因就在于这"诗眼"既没有说明李白要求个性自由的内蕴，又不能表达此诗"含蓄无垠，思致微渺"之特点。

友：看来你对"诗眼"这问题是有不同看法的？

答：不少诗家、学者都提到过"诗眼"，并以赞赏的口吻予以肯定。而王国维在谈"红杏枝头春意闹，着一'闹'字而境界全出"时，没有提到"闹"字是"诗眼"；李渔在《窥词管见》中对"红杏枝头春意闹"别抒己见，认为"闹"字用得不好，"殊难着解"，也没有提出与"诗眼"有关的问题。因此，是否可以说他们对"诗眼"之说是有看法的，这是其一。

　　其二，商务印书馆出版的《现代汉语辞典》（包括四角号码检字表）中与诗相关的词条有十二条：诗歌、诗话、诗集、诗剧、诗篇、诗情画意、诗人、诗史、诗意、诗余、诗韵、诗章。没有"诗眼"条，有人怀疑是否错漏了。而1996年出版的《现代汉语词典》（修订本）中与诗相关的词条有十七条，除上述的"诗剧"没有修入外，另增加了"诗风、诗句、诗律、诗坛、诗兴、诗作"六条，但没有"诗眼"条。我估计不是写漏了，大概是觉得这说法不妥。

这些问题都值得进一步研究。

对话之十五
"诗眼" 之说辨析（下）

■ 内容提要：

- 各种解释诗眼的说法，把诗搞复杂了。

- 将诗眼与意象作一比较，可否看出问题之所在。

- 诗眼的提法，利少弊多，在创作上会成为"拦路虎"。

友：你前面举了不少例证，说明"诗眼"不能完全表达诗的主旨，
　　很有意思。你能再谈谈你的高见吗？

答：有人谈诗而不提"诗眼"是有道理的，据此可看出对诗的认
　　识的深度。

　　　　谈"诗眼"者认为，诗是有诗眼的。诗眼有"全集之眼，
　　有一篇之眼，有数句之眼，有一句之眼；有以数句为眼者，有
　　以一句为眼者，有以一二字为眼者。"并明确地认为，炼句炼
　　字，亦在乎认取"诗眼"。

这样"诗眼"来，"诗眼"去的，"诗眼"到底是什么？把人都搞糊涂了。根据前面我们所作的各种分析，"诗眼"之说的问题，大概已见端倪。

友：果真如此吗，原因何在？

答：这个问题有点缠夹。我想以"诗眼"与"意象"作一辨析比较，这样更容易讲清楚。

我们还是先来看看张先的《天仙子》这首词：

天仙子·水调数声持酒听①

张先

时为嘉禾小倅，以病眠不赴府会

水调数声持酒听，午醉醒来愁未醒。

送春春去几时回，临晚镜，伤流景，

往事后期空记省。

沙上并禽池上暝，云破月来花弄影。

重重帘幕密遮灯，风不定，人初静，

明日落红应满径。

这首词写的是病酒伤春。上片写愁，下片写景；上片写午醉醒来至傍晚，下片写由傍晚至深夜直推想到天明。此词与一

---

① 王启兴主编：《诗粹》，长江文艺出版社 1994 年版，第 560 页。

般的病酒伤春词并无特别之处，其中"云破月来花弄影"一句，被公认为名句。李渔在《窥词管见》中批评"红杏枝头春意闹""殊难着解"；对"云破月来花弄影"则称"词极尖新，而实为理之所有"，大加赞誉。

那么"云破月来花弄影"的"诗眼"在哪？是"破"字吗？还是"来"字？可能还有人说是"弄"字。都可能，但又都不是。如果说"弄"字因弄出影来而传神，那么如果云不破、月不来，花能"弄"出影来吗？其实，"破""来""弄"在这句词中各有妙处，说哪一个是"诗眼"都是不对的。

如果不谈这句诗中什么是"诗眼"，就直感而言，"云破月来花弄影"是一个很美妙的"意象"。所以我认为，用意象、意境来表现诗意、诗旨，比"诗眼"更为贴切准确。

友：看来，你对"诗眼"的提法是很有看法的，我说得对吗？

答：是的。"诗眼"的提法，利少弊多。

"诗眼"之说把诗搞复杂了。我们前面说过，支持"诗眼"者认为，诗眼有"全集之眼，有一篇之眼，有数句之眼，有一句之眼"，又有"数句为眼"等，其实是将诗与诗之旨拉开了距离，将诗搞玄乎了。诗应以意象、意境为追求目标，不能以"诗眼"来"诗眼"去地谈诗。

本来，我国诗界先贤早就提出了"意象"这一概念。叶燮在《原诗·内篇》中也以杜甫《船下夔州郭宿，雨湿不得上岸，别王十二判官》中"晨钟云外湿"为例作解；钟位于寺观中，不在"云外"，但此诗因杜甫雨湿而不得上岸，与"王十二判官"告别时闻"钟声"有感所作，立成意象，"妙语天开"，成就诗中名句。这也揭示了诗的写作的妙处。

写诗时，如果你开头就想到"诗眼"，就会忘掉写诗最重要的是什么，"诗眼"成了"拦路虎"；如果你在写诗过程中突然想起要有"诗眼"，就似乎"飞流直下三千尺"而前面忽遇一处暗礁，会阻断你的思路。

还是王国维那句话说得有道理。王国维说写诗词："以境界为最上。有境界则自成高格，自有名句。"诗眼的提法欠妥。

以上就是我对"诗眼"的看法的基本阐述。

对话之十六
诗的空间

■ **内容提要：**

● 诗存在空间。

● 诗的空间不是设置的，而是由诗体本身的特殊性语言而自然
形成的。

友： 有人认为，诗是有空间的。你同意这种看法吗？房子有空间，
场地有空间，怎么诗也有空间呢？

答： 是的，诗也有空间。你所指的空间，一般是指物理概念中的空
间，空间的存在是有条件的，比如房子的空间，必须有房子的
存在；篮球场的空间，必须有篮球架和一定标准的场地。如果
空场上放一个篮球架，旁边堆上杂物，那也不能叫作篮球场
的空间。诗有空间，且与一般的物理空间不同，诗的空间是
诗的艺术空间，是由诗的语言特点所构成的。基于诗的空

间，古往今来的诗林高手创作了许多著名的诗篇，但诗的空间也成了一个"谜"。

友：哟，对了，你说诗的空间是由诗的跳跃性语言构成的，对吗？

答：诗的跳跃性语言构成诗的空间，但从跳跃性语言中很难看清楚诗的空间——诗的语言跳跃出意象，由意象支撑起意境，这样就看得很清楚了——意境所涉及之处都可以看到诗的空间。

友：这么说，空间与意境便是一回事了。

答：不。这是两个不同的概念，内涵也不同。诗的空间是指意境发挥作用的舞台，意境包含着诗的思想内容与诗的艺术张力。

友：你认为，诗歌中的艺术空间，在我国古代诗歌创作中成了一个谜。这如何解释？

答：是的，因为这个艺术空间难以捉摸，看不见，摸不着，但它却是客观存在。这个艺术空间很美，它却是悄然隐藏在诗里，让诗能发挥它的特殊功能。

在交际中，人们常常谈问题、谈志向、谈理想，大可直言直书。有什么感情，无论是对事物之情、对朋友之情、对爱人之情，等等，都可以通过各种方式来表达。人们用诗来言志抒情，诗林高手竭力捕捉最能表达诗意的语言，而诗的语言在写作中往往是稍纵即逝的。没有深入研究构成诗的空间问题，便会出现不同看法，便把这个问题弄成一个谜。这不奇怪，人们往往是"得鱼忘筌"的。

其实，诗的空间就是诗的意象构成诗的意境所涉及之处。

友：你所说得很抽象，我觉得还很玄乎，你能否以具体的诗做具体
分析来阐明其特点？

答：那好，我们再以马致远的一首越调《天净沙·秋思》试探其
特点。

天净沙·秋思①

马致远

枯藤老树昏鸦，

小桥流水人家，

古道西风瘦马。

夕阳西下，

断肠人在天涯。

　　枯藤、老树、昏鸦、小桥、流水、人家、古道、西风、瘦
马，分开来看，全是偏正词组，没有哪一个词组能构成意象，
但将它们不用连缀词而排成三句话："枯藤老树昏鸦，小桥流
水人家，古道西风瘦马。"

　　很巧的是，意象出现了；而意象的出现，也是在这三句话
跳跃组成的空间中浮现出来的。

　　第四句话出现夕阳意象。第五句话完成全诗的意境，托出

① 王启兴主编：《诗粹》下册，长江文艺出版社 1994 年版，第 1060 页。

一个漂泊他乡、心悲断肠的游子思念家乡的秋思境界。秋思所及之处，也就是这首诗的空间。而这个意境，也是由这五句话构造的意象空间生成的。

友：那么，如何设置空间呢？

答：不，不，不。诗的空间不能着意去设置，是诗的特殊语言自然形成的。王国维在《人间词话》中说："有境界则自成高格，自有名句。"我们应该认识到，有境界，也就自有诗的空间；没有境界，诗没有空间，也不成其为诗。

诗的空间，是由诗的特殊语言自然形成的。写诗时切忌有刻意设置空间的想法，那会永远也写不出好诗。写诗的要义是去创造诗的意象、意境，不要去考虑什么空间不空间。

对话之十七
诗的本质是什么

■ 内容提要：

● 诗的本质是诗的意境。

● 诗的本质问题解决了，诗的其他问题就比较容易解决。

友：张先生，前面我们谈诗的问题已谈了许多。你对《诗经》中的《关雎》《蒹葭》作了艺术上的比较，对严羽《沧浪诗话》作了评说，对钟嵘《诗品》、司空图《二十四诗品》以及王国维、叶燮的诗论等作了论析；对诗的语言与小说语言之别、抒情诗与抒情散文之别作了剖析，也对以前诗家对诗的定义作了评论。你对诗的本质有怎样的看法？诗的本质是什么？

答：你说得不错。是的，我们谈话、讨论的目的主要是搞清楚诗的本质是什么。这是诗的核心问题所在。这个问题弄清楚了，诗的其他问题也就比较容易解决。

友： 如何搞清楚诗的本质问题？

答： 本质属于哲学概念。本质是指事物固有的、决定事物性质的根本属性。但事物的本质又是比较隐蔽的，必须通过事物的表象来寻找，而事物的表象也有各种各样的表现，且具某种迷惑性。诗也存在同样的问题。

我们前面谈到叶燮《原诗》这部著作，提及其中论述的精彩性。其实，《原诗》所谈的观点，特别是诗的"至处"等理论就是在阐释诗的本质。现在我们重温这段话便清楚了：

诗之至处，妙在含蓄无垠，思致微渺，其寄托在可言不可言之间，其指归在可解不可解之会，言在此而意在彼，泯端倪而离形象，绝议论而穷思维，引人于冥漠恍惚之境，所以为至也。

诗要"含蓄无垠"，其"寄托在可言不可言之间""指归在可解不可解之会"，"泯端倪而离（罹）形象"，引导读者自然地进入"冥漠恍惚之境"。由此来看，诗的"至处"即为诗的本质。

叶燮以杜甫的诗句为佐证，称诗的本质为"境界"。

王国维在《人间词话》中说："词以境界为最上，有境界则自成高格，自有名句。"有境界则"自成高格""自有名句"，可见王氏也视境界为本质。而他在《元剧之文章》一文中将境界称为意境。

经过比较研究，我们认为，在诗词里称其本质为意境更好些，更恰当些。也就是说，以文字创造的意境是诗的本质。

友：诗的本质是诗的意境，你能确定吗？

答：是的。关于诗的本质问题，许多读者、诗作者都在孜孜不倦地探索。这个问题太重要了，不少人都发出了这样或那样的呼声。

很巧的是，前些时我读到一篇文章，也是谈寻找诗的本质的，文章题目是《中国新诗何时走出乱象？》。文章中说："我从 20 世纪 80 年代就开始订阅一份国家级的诗歌刊物，我一直是将它作为诗歌的偶像来看待的，心中充满了崇拜和向往。然而大概从 90 年代末开始，我却对它的感觉开始有了距离。最近一两年，干脆就不怎样读它了，只是为了掌握一些诗坛信息而很不情愿地翻阅它。"因为诗歌到处出现了"乱象"，而"我发现几乎全国的报刊大多处于这境况。"并提出要找诗歌"本原"①。

读了这篇文章，我深切地感受到这是一位十分关切诗歌问题的爱诗者从心底倾泻出来的声音，话说得朴实、坦然、真诚、悲伤、切中时弊，真正反映了诗歌的现状并提出了解决的

---

① 丘树宏：《中国新诗何时走出乱象？》，《文学报》2015 年 1 月 15 日。

想法。

诗究竟是什么，还是一笔糊涂账。经过研究，我认为诗的本质是诗的意境，诗的意境就是诗的本质，是诗的核心，是诗的灵魂，是诗的基因。

为此，我写了一篇文章《诗的本原是什么》，作为一得之见。现将这篇文章收于本书的附录中，以供参考。不赘述。

对话之十八
意境是诗的基因

■ 内容提要：

- 将意境比作诗的基因，这能成立吗？
- 将意境比作诗的基因的意义何在？

友：你把诗的意境比作诗的基因，是怎样产生这种奇思妙想的？

答：诗的魅力深深感动着我，我想找出产生这种魅力的原因。

我读了诗家前贤的一些著作，如钟嵘的《诗品》、司空图的《二十四诗品》、严羽的《沧浪诗话》等，又读了叶燮的《原诗》，我确定，诗与其他文体之所以不同，全在于诗的境界，即意境。意境是诗的核心、灵魂，没有意境，就不可能为诗——由此而想到了基因。

基因本属于生物学研究范畴，本与诗无关。研究表明，动植物都是有基因的，动物是这样，植物亦然。每种植物的生长，必须要有同类植物的基因，没有玉米基因，长不出玉米；没有土豆基因，长不出土豆。缺了基因，动植物都难以生长繁衍。与之同理，诗没有意境，就不能成诗。动植物的基因还存在可变性，而每首诗的意境都是由诗人因时因地而独创出来的。于是，我就把诗的意境比作诗的基因。

友：意境就是意境嘛，你把诗的意境比作诗的基因，有什么意义呢？

答：前面已说过，植物之所以成为植物，是因为有植物的基因；动物之所以成为动物，是因为有动物的基因。我把意境比作基因，旨在说明意境是诗的根本，也就是说，意境是诗不可或缺的，是诗固有的，是诗的核心、是诗的生命所在，没有意境就不能成诗。

　　明确这一点很重要，这样就把诗与其他文体划清了界限，知道写诗时应该注意什么。

友：你将意境当成诗专有的基因，你这观点能成立吗？

答：能成立。判断一件事的是非或一种观点是不是正确的，要靠事实，靠论证。对于你所提的问题，我曾说过："众文体中只有诗能出现意境。"

　　其他文体与诗不同。比如散文，散文的功能是记事、叙理或抒情，只要把要记的事写下来，把要说的理讲清楚，把要抒的情表达出来就可完事。散文写的都是实事、实理、实象或实情，不会出现意境。

　　诗则不同，诗是以诗的特有语言创作出来的，便会出现意境。因为意境的形成是有条件的，必须具有满足意境孕育与形成的组织、细胞与空间，而诗以跳跃性、意象性的语言创造了这些条件，构成了"只可意会，不可言传"的艺术特点，所以说意境是诗专有的。

　　然而，文体的语言有渗透性，这种渗透乃古已有之，且不少学者对此都有过论证。熊礼汇先生在《先唐散文艺术论》中就说过："韩、柳创作古文，不但汲取先秦诗文之美而用之，还有意借鉴唐诗的艺术手法……"。[①] 这种渗透增添了他种文体的艺术美，但是必须看到，这种艺术美不是他种文体本身所具有的，而是从诗这种文体中借鉴过去的。

　　简而言之，他种文体的意境是因诗的特殊语言寄生所结出的奇葩异果，意境增添了他种文体的韵味。

---

① 　熊礼汇著：《先唐散文艺术论》，学苑出版社 1999 年版，第 86 页。

对话之十九
诗的本质的面纱难以揭开的原因

■ 内容提要：

- 看问题的角度不同，可能得出不同的结论。
- 可能将诗之意境与他种意境之说相混淆。

友：你说既然叶燮早就揭示了诗的本质，而叶燮是十六七世纪的
　　人，距今已四百多年，为什么还有人追寻这个问题？

答：对任何事情的认识都有个过程，对诗的本质的认识亦然。

　　意境属美学范畴，美学是一门深奥的学科。如果你问什么
是美的？很简单，你可以提出众多美的事物；如果你问美是什
么？那就是问美的本质，就不易回答，连鼎鼎有名的前贤美学
大师苏格拉底，也只得感叹"美是难的"。

　　言及意境，自然地使我想起了苏轼的一首写庐山之诗：

题 西 林 壁①

苏轼

横看成岭侧成峰，

远近高低各不同。

不识庐山真面目，

只缘身在此山中。

从不同的角度看庐山，得出的只是对于局部的不同结论，不是庐山真正的面目。这很有启发性。人们谈诗论诗，也往往会出现相似的情况。

中国是诗的国度，有众多的读者、诗人。

清代以前，诸多诗家、评论家都对诗做过这样或那样的探讨评说。

谈诗的雄浑："超以象外，得其环中。"——司空图《二十四诗品》

谈诗的含蓄："不著一字，尽得风流。"——司空图《二十四诗品》

谈诗的妙处："如空中之音，相中之色，水中之月，镜中之象。"——严羽《沧浪诗话》

谈诗的特点："羚羊挂角，无迹可求。"——严羽《沧浪

———————————

① 王启兴主编：《诗粹》上册，长江文艺出版社 1994 年版，第 643 页。

诗话》

　　谈诗的陈古讽今：“不可著迹，只使影子可也。”——杨载《诗法家数》

　　而且，钟嵘的《诗品》、欧阳修的《六一诗话》、王世懋的《艺圃撷余》等，都有大量对诗的论述。这些诗话作了很大贡献，阐明了诗的某一特点或表象，但对诗的最根本之处，未有真正的揭示。而叶燮言诗，阐释诗的本原，特别精辟，可惜有些人没有仔细地深入分析叶燮所言的"至处"，没有看到叶燮之言乃是阐释诗的本质。

友：是这样吗？就那么困难？着实教人难以理解。

答：是的，可能是这些没发现"本质"者没有将诗的"境界说""意境说"与一般的其他方面的境界、意境作严格的区分。

　　如"境界"，诗谈"境界"，思想道德也谈"境界"；如"意境"，诗谈"意境"，画也谈"意境"，雕塑也谈"意境"。忽视它们之间的差异，作一般看待，就无法将诗的意境确认为诗的本质。

　　而且，有学者基于错误的视角，认为意境是由作者与读者的联想共同创造出来的，提出了意境的"共同创造"论，并得到一部分人的认可，引起争论。持这种观点者不清楚诗的写作与其他文学写作是不同的，不清楚意境是与诗俱生的，不清楚意境是诗人创造。

　　另外，有些人写诗，只陷在"平平仄仄平平仄"之类的框框里，忽视了意境。有些人虽然也谈到了意境，但将意境与平仄、对仗、押韵等作平列看待，这就往往容易混淆主次，以致表象的东西掩盖了本质。实际上，平仄、押韵、对仗等，只是创造意境的写作手法，且采用这种种手法最终都为了创造意境，没有意识到意境是诗的核心，当然找不到诗的本质。凡此种种，都是"诗是什么"难以回答的桎梏。

　　就如此这般，翻过来倒过去，寻找诗的本质而不得！于是，诗的生命之魂就半隐半现在人们的眼底下漂浮着，度过了漫长的岁月，这就是诗的本质的面纱迟迟未被揭开的原因。

对话之二十
怎样判断诗"意境"的有无

■ **内容提要**:

- 意境问题很复杂,如何判断诗有无意境。
- 对古体诗、近体诗、自由诗的意境的判断。

友:意境的问题很复杂,请你详细谈一谈如何判断诗意境的有
无?

答:唔,诗有无意境是可以区分的,是有标准和条件的,但这标准
不是死板的框框条条,不能像秤那样以斤两为标准来衡量。总
而言之,意境是不可以用测定器物的方法来判断的,而是要感
知的;要根据诗体现出来的艺术效果来判断,而不能仅仅关注
诗语言的排列形式。

友:诗的意境要"感知",是不是太抽象了一点,应该有个准则以
便判断。

答：我说意境的有无是可以区分的，那当然是有标准和条件的，只是不能像物质的测定或计算那样去衡量。

　　诗有无意境，可以用叶燮所说的诗的"至处"来判断的。诗写到了"至处"便是有意境，否则就是无意境。请你读一读叶燮那段名言就清楚了。

　　诗的意境是"含蓄无垠，思致微渺"的；意境有"只可意会，不可言传"的独到之处，与他种文体所写的"实理""实境""实情"是不同的。它具有一种朦胧之美。总之，诗能"呈于象，感于目，会于心"，便是有意境。

友：你的话，我还不甚理解，请以诗的实例加以阐明。

答：是吗？那就以唐代杜牧的《清明》一诗为例来研究研究。

清　明①

杜牧

清明时节雨纷纷，

路上行人欲断魂。

借问酒家何处有？

牧童遥指杏花村。

　　清明时节祭祖，人们的心情是复杂的，正是无限思绪涌起

————————————

① 王启兴主编：《诗粹》上册，长江文艺出版社1994年版，第442页。

之时，对于先人逝去的哀思是痛苦的、悲伤的。然而，诗中没有提及，只用了"路上行人欲断魂"这一意象，人们便可感受到清明祭祖的哀思。

后两句话是说：我问牧童，这里什么地方有酒家？牧童指着前方说，酒家就在杏花村。诗句中省去了主语"我"，以简练的十四个字作结："借问酒家何处有，牧童遥指杏花村。"即以"意象"示之。

我们再读一读毛主席《七律二首·送瘟神》一诗，可以进一步领略诗的意境的奥秘：

送瘟神·其二①

毛泽东

春风杨柳万千条，六亿神州尽舜尧。

红雨随心翻作浪，青山着意化为桥。

天连五岭银锄落，地动三河铁臂摇。

借问瘟君欲何往，纸船明烛照天烧。

"红雨随心翻作浪"，这是意象。"青山着意化为桥"，这又是一意象。

按常理说，红雨翻作浪是不可能的，因为雨不是红的。青

---

① 中央文献研究室编辑：《毛泽东诗词集》，中央文献出版社 1996 年版，第 104 页。

山化为桥也不可能，也不能使人相信。但从全诗来看，却见得理在其中。

且看这诗的上篇：

送瘟神·其一①

毛泽东

绿水青山枉自多，华佗无奈小虫何！

千村薜荔人遗矢，万户萧疏鬼唱歌。

坐地日行八万里，巡天遥看一千河。

牛郎欲问瘟神事，一样悲欢逐逝波。

此诗分上下篇。诗的前面，作者还写有小序：

读六月三十日《人民日报》，余江县消灭了血吸虫。浮想联翩，夜不能寐。微风拂煦，旭日临窗。遥望南天，欣然命笔。

这也就是说，作者是在得知余江县消灭血吸虫的消息后，以十分激动而又欣慰的心情写就这首诗的。

当作者提笔写出"绿水青山枉自多，华佗无奈小虫何！

---

① 中央文献研究室编辑：《毛泽东诗词集》，中央文献出版社 1996 年版，第 104 页。

千村薜荔人遗矢，万户萧疏鬼唱歌"时，心情沉重万分，而且感慨颇多！而当飘起"春风杨柳万千条，六亿神州尽舜尧"之后，以作者的伟大思想与胸怀，自然地生出了"红雨随心翻作浪，青山着意化为桥"之感。"红雨"这个根本不存在之物，以惊人之势落入诗中，使不可能变为可能，且博得读者的认可、欣赏与惊叹！这是何等的耐人寻味。

友：李贺曾有"况是青春日将暮，桃花乱落如红雨"之句。《送瘟神》一诗是否受到李贺的影响？

答：李贺的这两句诗出自他的《将进酒》① 一诗，《送瘟神》是否受到过这诗的影响，我不清楚。但这首诗中所说的"红雨"与李贺说的"红雨"是不同的。李贺说的"红雨"是形容凋落的桃花像红雨一样纷纷而下，他这两句诗连起来看，反映了作者对怀才不遇、青春不再之感叹。《送瘟神》第二句的"红雨"，是在"春风杨柳万千条，六亿神州尽舜尧"的情况下出现的，是展望消灭血吸虫后人们改天换地的伟大壮举。两者的境界不同。

友：你所说的都是绝句、律诗，对于自由诗，你怎样判断它是真诗还是假诗？

答：一样，还是从它有无意象入手。

　　现诚举臧克家的诗作进行分析：

---

① （宋）蔡正孙撰：《诗林广记》，中华书局1982年版，第148页。

有 的 人①

——纪念鲁迅有感

臧克家

有的人活着

他已经死了；

有的人死了

他还活着。

有的人

骑在人民头上："呵，我多伟大！"

有的人

俯下身子给人民当牛马。

有的人

把名字刻入石头，想"不朽"；

有的人

情愿作野草，等着地下的火烧。

有的人

他活着别人就不能活；

---

① 臧克家著：《臧克家诗选》，人民文学出版社 1978 年版，第 294 页。

有的人

他活着为了多数人更好地活。

骑在人民头上的，

人民把他摔垮；

给人民作牛马的，

人民永远记住他！

把名字刻入石头的，

名字比尸首烂得更早；

只要春风吹到的地方，

到处是青青的野草。

他活着别人就不能活的人，

他的下场可以看到；

他活着为了多数人更好地活着的人，

群众把他抬举得很高，很高。

1949 年 11 月 1 日于北京

　　这首诗歌颂正义与崇高，鞭挞丑恶与无耻。全诗用了对比
手法，诗的语言追求意象。可见自由诗也一样，要以意象构
成，以意境营造来表达诗的主旨。如诗的第一节中第一、第二

句，假若改成：

> 有的人活着，
> 已经死了。

人们听了会感到不真实，"活着"的人怎么又说"死了"？让人不会相信。

诗的第三、第四句改成：

> 有的人死了，
> 还活着。

人们也不会相信，"人死了"怎么还"活着"，可能会视之为胡话。但这两句诗有"有的人"三个字提携，作者于其间加了一个"他"字，让后一句具有"跳跃性"，并作诗行排列，给人的感受就不同了：

> 有的人活着
> 他已经死了；

——变成了意象。

有的人死了

他还活着。

——变成了意象，成了诗句。

又如该诗的第六节：

把名字刻入石头的，

名字比尸首烂得更早；

名字不是物，是不会腐烂的，但在这首诗里，读者于此自然会意。这就是用诗的意象感染人。

但要注意，并不是把语句排列成行的就是诗。如上面所说的《有的人》第一节之所以成为诗，是由诗的语言属性所决定的。诗的语言就是诗的语言，把诗的语言变成散文的语言是不可以的，也不可能把散文的语言分行排列而变成诗。因为散文语言无论怎样分行排列，都不会出现意境。

所以说，判断自由诗是真诗还是假诗，还是要看它有无意象，是不是产生了意境。如此一来，真假之诗自然泾渭分明。

对话之二十一
诗的定义应该是怎样的

■ 内容提要：

- 诗的定义是什么？

- 没有意境，诗扬不起风帆。这话是否说得过分了？

友：你提及了多种对诗的定义，也针对这些定义谈过你的看法，你
是否也谈一谈你对诗的定义？

答：我对先贤、达人、诗家对诗作的定义很感兴趣，也很受启发。
他们的定义从各方面揭示了诗的特点，对于人们理解诗作出了
很大贡献。我觉得诗的核心是意境，诗的定义中应该对意境有
重点反映。

友：你是怎么定义诗的？

答：我认为，诗的定义应该是：诗是作者处于情景交融的状态时，
以跳跃的意示性语言构成意境来反映生活的一种文学样式。

　　简言之：诗是以意境反映生活的一种文学样式。

友：是这样吗？

答：是的，是这样。

友：如果有人不同意你的看法，你会怎么做？有人认为："新诗很
　　大一部分是讲究激情抒发的，早已冲破了意境的美学原则。"
　　你以为如何？

答：人人都有一张嘴，嘴是用来说话的，谁都有说话的自由，爱怎
　　么说就怎么说，谁也管不着。如果言论涉及某一事物或学术问
　　题，是要有根据的。

　　　　对于学术问题，有不同的看法，可以通过辩论解决。你说
　　得对，就尊重你的意见，按你的办。一种文体的定义，要经得
　　起科学和时间的考验，由事实和时间来作评判，是不能张嘴说
　　瞎话的。我说的话，到目前为止，我认为是正确的。

　　　　对于有学者提出"新诗很大一部分是讲究激情抒发的，
　　早已冲破了意境美学原则"的说法，我曾表达过我的看法，
　　我认为这种说法是不对的。

　　　　毛主席在《矛盾论》里有一段名言，说得很精辟：

　　　　对于物质的每一种运动形式，必须注意它和其他各种运动
　　形式的共同点。但是，尤其重要的，成为我们认识事物的基础
　　的东西，则是必须注意它的特殊点，就是说，注意它和其他运
　　动形式的质的区别。只有注意了这一点，才有可能区别事物。

任何运动形式，其内部都包含着本身特殊的矛盾。这种特殊的矛盾，就构成一事物区别于他事物的特殊的本质。这就是世界上诸种事物所以有千差万别的内在的原因，或者叫做根据。①

文章作者从哲学高度，指出了各种事物运动形式的共同点，并着重论述了物质的特殊矛盾，指出物质的特殊矛盾是构成各种不同事物的根源，是"构成一事物区别于他事物的特殊的本质"的所在。这是一条不以人的意志为转移的客观规律。

对诗的定义的科学研究也一样。诗与其他文体所具有的特殊矛盾不同。前文说过，诗与其他文体只能写实事、实理、实情、实象不一样，诗的特殊矛盾是意境。意境具有能形成"言有尽意无穷""味外味，象外象"的独特功能，产生"蓝田日暖，良玉生烟"的魅力奇境。这是因意境为诗的本质所致，是"诗"这一事物的特殊矛盾的根据。新诗的核心也是诗，其本质也是意境。如果说新诗突破了"意境的美学原则"，则诗的特殊矛盾形式被消解，意境不存在了，哪能叫诗呢？

王国维在《人间词话》中也早就说过："境非独谓景物也。喜怒哀乐，亦人心中之一境界。故能写真景物、真感情

---

① 《毛泽东选集》编辑部：《毛泽东选集》第一卷，人民出版社 1964 年版，第296~297 页。

者，谓之有境界。"

这也说明，只要诗人真的讲究激情抒发，新诗就不可能离开意境；如果新诗真的冲破了意境的美学原则，可以肯定它就不是诗，而是别的什么"宝贝"东西了。因为它已抛弃了意境，背离了诗的特殊本质；离开了诗的本质，焉能成诗。

所以，我认为，"新诗很大一部分是讲究激情抒发的，早已冲破了意境的美学原则"的说法是不对的。

友：你的话很自信，很有勇气。

答：认为对的东西就应该肯定，认为错的东西就应该反对，连这种勇气都没有，那是什么事也做不成的，甚至会酿成极大的错误，不是有首大家都很熟悉的山歌：

> 敢唱山歌敢出声，
> 敢放月鸽敢放铃，
> 月鸽带铃云上走，
> 因为无双打单行。

这首歌很感人，很有启发性。这是一首情歌，以月鸽放铃之事，唱出"月鸽带铃云上走，因为无双打单行"，内容虽然是曲折的、委婉的，但对方是听得懂的，唱这样的歌是需要勇气的。心中有歌就要唱出来，不唱出来是会耽误事的。世上有多少人因为缺乏勇气，对事情不敢表态，带来麻烦，甚至带来不可弥补的不幸。梁山伯与祝英台的不幸就是先前没有表态。如果说梁山伯起初是不知内情，而祝英台没有明确"出声"就与悲剧的发生有关。

这里虽然谈的是爱情方面的事，但"出声"与"不出声"对其他事情也具有普遍意义。

友：假如有人以不同的看法进行反驳，你怎么办？

答：欢迎反驳，什么问题都可以通过争鸣解决。你有不同看法，可以据理据实，说清道理。只要你说得对的，就依你的办；你说得不对的，我有我的坚持。学术就是在百家争鸣中不断前进的。这没有什么可怕的。

关于诗的问题，我还要补充一句。

友：请吧，请赐金玉良言。

答：过誉过誉，别开玩笑了，老朋友，我要补充的这句话是：没有意境，诗扬不起风帆。

友：咴！"没有意境，诗扬不起风帆。"这话你不怕说得过分了？

答：不，就是如此。诗是讲究意境的，没有意境就不是真正的诗。比如，有一种用三言、五言或七言且带韵写成的作品，念起来也很顺口，形式像诗，却没有意境，就不是诗，那实际上只是一种别有他用的应用文体，因为它不具有诗的本质属性。

君不见，有人拿起一首诗，看了看就随手弃之，并皱起眉头以厌恶的口吻说道："没味，没味，没意思！"耐人寻思。

为什么读了有些诗，反而让人产生厌恶情绪。原因何在？就是因为这首诗缺乏意境，没有诗的艺术魅力。

现将一些感人的诗篇略作分析，便可剖析清楚。

李白的《望庐山瀑布》，陶醉了多少读者，试看其中到底是什么将读者诱住：

望庐山瀑布①

李白

日照香炉生紫烟，

遥看瀑布挂前川。

飞流直下三千尺，

疑是银河落九天。

首句落笔虽未提及瀑布，第二句即可意会到香炉山飘荡缭绕的美景是因瀑布所致。第三句、第四句一读，读者则惊奇于瀑布的雄伟壮丽。这就写出了庐山瀑布的神理境界，给读者以意境之美，因此受到后人推崇。

文天祥的《过零丁洋》，感动了一代又一代读者，试看它是怎样成为诗中名篇的：

---

① 王启兴主编：《诗粹》上册，长江文艺出版社 1994 年版，第 300 页。

过零丁洋①

文天祥

辛苦遭逢起一经，干戈寥落四周星。
山河破碎风飘絮，身世浮沉雨打萍。
惶恐滩头说惶恐，零丁洋里叹零丁。
人生自古谁无死，留取丹心照汗青！

文天祥是南宋赤胆忠心的爱国将领，在国家危难存亡之际写就这首诗，激昂慷慨，感时伤势，沉痛悲愤。

诗的首联中第二句以"干戈寥落四周星"来描述他夜以继日抗敌战斗的艰苦卓绝生涯，继之以"山河破碎风飘絮，身世浮沉雨打萍""惶恐滩头说惶恐，零丁洋里叹零丁"。其语言都构成了意象并入诗，营造诗的意境，让读者感受到诗人的悲愤。

尾联"人生自古谁无死，留取丹心照汗青"更是千古不朽的名句，体现出诗人崇高的境界，令人仰止。

诗之感人所在，唯以境界之美。

那些读了使人拒之千里的诗，使人大失所望的诗，是因为没有诗味，难以表达诗意，如一些以长短之句排列成诗行，或以艰涩怪异的语言堆砌的假诗。没有意境，不是真正的诗。

----

① 王启兴主编：《诗粹》下册，长江文艺出版社 1994 年版，第 919 页。

　　我认为"没有意境，诗扬不起风帆"皆据此理，皆据此事实，并且可以这样说，意境是诗的基因。

　　没有诗的基因，不可能产生诗。但这种基因与动植物的基因不同，动植物的基因具有遗传性，而诗的基因只能靠作者依时依事依物去构建意象来创造。

　　创造意境是艰苦的，但并不神秘。前面已谈过，不赘述。

对话之二十二
叙事诗也不能缺少意境

■ 内容提要:

● 叙事诗当然离不开意境。

● 叙事诗与抒情诗不一样, 抒情诗以抒情为主, 叙事诗主要通过故事情节与人物形象来反映生活、表达情感。重点不同, 主辅有别。

友: 唔, 还有一个问题, 你说诗是以意境反映生活的一种文学样式, 如果说这个定义是针对抒情诗的, 我可以理解。那叙事诗呢, 它也要意境吗?

答: 诗歌的出现, 主要是用来抒情言志的。境界是它的灵魂。后来进一步发展, 出现了叙事诗。叙事诗与抒情诗是有区别的。

　　叙事诗要叙事, 要通过故事情节和人物形象来反映生活, 表达作者的思想感情。但叙事诗既然也是诗, 它不能少了诗的特征，它需要在全面地体现诗歌的特征的基础上来叙事，所以也不能离开意境。

友：张先生，你这话有点抽象，能否举例说明两者的相同点与差异点？

答：好。我国东汉末年的乐府《孔雀东南飞》是一首长篇叙事诗，长达三百五十多句。该诗描述小吏焦仲卿与刘兰芝相爱，受婆母逼迫离婚，刘兰芝归家后其兄又逼她再嫁，受尽痛苦折磨，最后一对情人无奈被逼自尽。这首叙事诗体现了诗歌的特点。它不但具有诗的分行形式，而且蕴含着诗歌的内在旋律；意境在这首诗中也是起作用的，它增添了作品的魅力。

诗的开头以"孔雀东南飞，五里一徘徊"兴起，描绘孔雀往返来回、徘徊不前，借以烘托焦仲卿与刘兰芝对美好爱情的怀念。

当兰芝被逼驱遣回娘家时，随即出现这样的诗行：

孔雀东南飞（节选）①

出门登车去，涕落百余行。

府吏马在前，新妇车在后。

隐隐何甸甸，俱会大道口。

---

① 王启兴主编：《诗粹》上册，长江文艺出版社 1994 年版，第 103 页。

下马入车中，低头共耳语：

"誓不相隔卿，且暂还家去。
吾今且赴府，不久当还归，誓天不相负。"
……
举手长劳劳，二情同依依。

此处用诗的跳跃性语言，以"言有尽，意无穷"之妙笔，写出了他们对爱情的坚贞，达到令人仰止的高度。

焦仲卿与刘兰芝最后双双殉情，诗作则以悲愤之声诉说着两人爱情的不幸与坚贞：

两家求合葬，合葬华山傍。
东西植松柏，左右种梧桐。
枝枝相覆盖，叶叶相交通。
中有双飞鸟，自名为鸳鸯。
仰头相向鸣，夜夜达五更。

这种叙事与抒情的高度融合，更将刘、焦爱情的不朽推到最高境界。但叙事诗与抒情诗又不相同，前面说过。叙事诗以叙事为主，抒情诗以抒情为主，重点不同，主辅有别。

友：也就是说，叙事诗的诗句要携情带韵而行，也要注意创造意境，对吗？

答：是的，叙事诗不讲平仄，但诗句须顺口，好读好听，才会受到
读者的喜欢，而意境则是诗本身必不可少的本质。

友：谢谢，谢谢先生。

对话之二十三
对诗的展望

■ 内容提要:

- 新诗的乱象。
- 新诗是诗的发展方向。
- 《别了,哥哥》的重要意义。

友:张先生,你对新诗的现状怎么看?

答:新诗出现了点乱象。有人认为,"中国诗歌的面孔是模糊的",
觉得"中国当下的诗人写作处于一种很含混的状态,一种没
有方向或方向太多的状况",提出诗歌"已被商业化"了①。

　　有些人写诗,想写"塔"形诗,写了许久,也没有"塔"
出如意的诗;有些人写诗,乱说是"这个派"或"那个派"

① 陈均著:《中国"新诗"的现状与前景》,《文艺理论与批评》2012年第四期。

的，他们依据诗的某些表象与自己的主观想法来写，也写不出什么真正的好诗。所有这些乱象都源于缺乏对诗的本质的认识，违背了诗的创作规律。当然，出现这些情况并不奇怪，对任何事物都有个认识过程。但这些问题应引起重视，不能让诗走上歪路。

友：先生所见很深，我很受感动和启发，你对诗是怎样研究的？

答：不，过奖了。很惭愧，我是个很笨拙的人。至于研究，因为人们对这些问题众说纷纭，各抒己见，我对此也很感兴趣，想探个究竟，也就出来"捧场"，如此而已。

友：说一说你对诗的展望吧。

答：像其他事物一样，诗也是向前发展的。叶燮曾说过：诗是"踵事增华""因时递变"的①。要"增华"、要"递变"，怎样达成，首要是"踵事"，时代的变化会促进诗的变化。

以诗的发展来看，从《诗经》到魏晋南北朝，从主要是四言、五言、七言到唐代绝句、律诗的形成，从内容到形式，无不如此。古体诗与近体诗是诗的传统，将长期存在着影响，然而，由于时代与诗本身的需求，诗的发展应该指向新诗，自由体的新诗。

友：先生可否从新诗中举例来补叙这个观点？

答：唔，好。我们来研究一下殷夫的《别了，哥哥》吧，这首自由体诗很有代表性。我们先来读一读这首诗：

---

① 叶燮著，霍松林校注：《原诗》，人民文学出版社 1979 年版，第 33 页。

别了，哥哥①

（算作是向一个"阶级"的告别词吧！）

殷夫

别了，我最亲爱的哥哥，

你的来函促成了我的决心，

恨的是不能握一握最后的手，

再独立地向前途踏进。

二十年来手足的爱和怜，

二十年来的保护和抚养，

请在这最后的一滴泪水里，

收回吧，作为恶梦一场。

你诚意的教导使我感激，

你牺牲的培植使我钦佩，

但这不能留住我不向你告别，

我不能不向别方转变。

在你的一方，哟，哥哥，

有的是，安逸，功业和名号，

---

① 萧三主编：《革命烈士诗抄》，中国青年出版社 1962 年版。

是治者们荣赏的爵禄，
或是薄纸糊成的高帽。

只要我，答应一声说：
"我进去听指示的圈套"，
我很容易能够获得一切，
从名号直至纸帽。

但你的弟弟现在饥渴，
饥渴着的是永久的真理，
不要荣誉，不要功建，
只望向真理的王国进礼。

因此机械的悲鸣扰了他的美梦，
因此劳苦群众的呼号震动心灵，
因此他尽日尽夜地忧愁，
想做个普罗米修士偷给人间以光明。

真理和愤怒使他强硬，
他再不怕天帝的咆哮，
他要牺牲去他的生命，
更不要那纸糊的高帽。

这，就是你弟弟的前途，

这前途满站着危崖荆棘，

又有的是黑的死，和白的骨，

又有的是砭人肌筋的冰雹风雪。

但他决心要踏上前去，

真理的伟光在地平线下闪照，

死的恐怖都辟易远退，

热的心火会把冰雪溶消。

别了，哥哥，别了，

此后各走前途，

再见的机会是在，

当我们和你隶属着的阶级交了战火。

1929. 4. 12.

友：哦！《别了，哥哥》，感人，感人！好诗！

答：这首诗如泣如诉且又慷慨激昂，产生了如此动人的诗意诗味。

这首诗写得如此光芒四射，如此感人。从家庭伦理方面来看，哥哥一直给我关爱和培养，并三次从牢狱中把"我"解救出来。哥哥的确是"我最亲爱的哥哥"。而且，只要听哥哥的话，便会有爵禄、名号逐身而来，飞黄腾达。然而，"我"自有正直、坚毅的品质和勇气，在劳苦大众被压迫的呼声中，与真理光辉的照耀下，促使"我"与哥哥作出最后诀别。

作者所处的社会环境仅仅为诗的情景交融提供了背景，诗的完成还需作者驾驭符合诗的规律的语言。这首诗作得很成功，说明作者找到了用现代语言构建自由诗的意境的方法。这是无数写自由诗的人都在摸索或探讨的、有助于突破桎梏难题。

诗由十一节组成。只要你读了第一节，自然地诱导你读第二节、第三节、第四节，直至诗的结尾。诗的自然旋律，像魔力般神奇地吸引着你。

"我"下决心与哥哥告别，不怕"黑的死""白的骨"，是因为"劳苦群众的呼号震动心灵"，"饥渴着的是永久的真理"。

诗的最后宣告：

> 别了，哥哥，别了，
> 此后各走前途，
> 再见的机会是在，
> 当我们和你隶属着的阶级交了战火。

庄严之声，划破长空，透出了"我"与旧的阶级决绝的勇气，树立了一个伟大的无产阶级的革命者形象，闪烁出无与伦比的光辉境界。这种境界，用古代诗歌形式难以表达，作者就自然地用了更灵活的自由体诗。这是时代与诗人的艺术光辉交相辉映的结果。

友：是的，是的，这是一首光辉无比的诗章。

答：我想再补充两句！

友：请吧，小弟洗耳恭听。

答：有学者评论殷夫这首作品时，这样写道："可以很清晰地看见诗人当时的燃烧着愤怒的烈火的崇高心灵和他的浩瀚无垠的创作才能。"① 很可惜，殷夫在 22 岁（1909—1931 年）时就被反动派杀害。这样高尚和有才华的诗人，是值得我们永远怀念和尊敬的。

友：这的确是历史的悲剧，无限的遗憾！

———————

① 刘绶松著：《中国新文学史初稿》，人民文学出版社 1979 年版，第 281 页。

对话之二十四
殷夫《别了，哥哥》这样感人的自由体诗怎么不多见

■ 内容提要：

● 既然自由诗体的出现是时代的必然，这么好的自由体诗怎么不多见？

●《中国军营》的写作方法很值得研究探讨，是一首很难得的好诗。

友：张先生，你前面说的话很在理，我很赞成你的看法，但现在很多人写诗，无论是吊古的、写景的还是抒情的，多数人都以古诗的格式，特别是以七律来写，这是什么原因？

答：你所说的是现实存在的情况，写诗写自由体的的确不多。有篇报道中有这样的统计："目前全国各地的诗词社团已有两千多个，古体诗词的作者超百万人，各类诗词报刊已达上千种，足

以表明古体诗词强烈复兴的势头和繁荣的景象。"①

友： 难呀，新诗的推广的确有难度，像《别了，哥哥》这么好的自由体诗怎么不多见？

答： 什么事情的发展都有个过程，新诗也一样，新诗初啼时，不少人都认为不怎样，甚至引起某些人的激烈反对。后来，郭沫若的《女神》、刘大白的《田主来》等作品的出现，让人们对新诗的看法逐步有新的变化。比如刘半农的《相隔一层纸》：

相隔一层纸②

刘半农

屋子里拢着炉火，

老爷吩咐开窗买水果，

说："天气不冷火太热，

别任他烤坏了我。"

屋子外躺着一个叫花子，

咬紧了牙齿对着北风喊"要死"！

可怜屋外与屋里，

相隔只有一层薄纸！

---

① 《文摘报》，胡晓军，2014 年 9 月 4 日。

② 刘绶松著：《中国新文学史初稿》，人民文学出版社 1979 年版，第 62 页。

这首诗对旧社会贫富两相对立的不同生活的描绘，撼动人心，对新诗的推动具有重要作用。

之后，蒋光慈、闻一多、艾青、臧克家、殷夫、田间、郭小川、贺敬之、闻捷等投身新诗创作，对新诗进行了新的开拓。

友：未央的《祖国，我回来了》，也应是对新诗有贡献的作品吧？

答：对，未央的《祖国，我回来了》是一首有影响力的诗篇，已被选入中学语文教材。还有许多写新诗的诗人都作出了贡献。

但是，诗的写作不是模式化生产，而是一种艺术创造，作者要运用诗行创造出感人的意境才可谓之诗。殷夫的《别了，哥哥》，体现了他在那个历史时代形成的战斗风格，创造了不同凡响的艺术魅力。时代变了，诗也在变。对于诗的变化，我们须辩证地看待。新诗的发展，有艰难有曲折，然而，总是在向前行进的。前不久，我读到一首题为《中国军营》的自由体诗，就很感人。

友：在哪？是哪位作家写的？

答：作者是部队的一位军人，叫做邓家顺。

友：有那回事吗？

答：对，是的。俗话有言："高手往往在民间。"此话真不假。

友：你说《中国军营》这首诗好，我没看过，请给我先看一看再说吧。

答：诗是这样的。

中国军营（节选）①

邓家顺

只有在战斗间隙训练间隙

工作抑或劳动间隙

才可以裸露黑红的脊梁

任阳光恶作剧般地抚摸

乘兴吼几声队列歌曲

反刍两句家乡小调

那便是中国军人了

当你作为新兵初到军营时

在班排连所有"长"们眼里

便都把你书写成"小皇帝"

生日面条溢出丝丝柔情

把父爱母爱拉得很长很长

洗脚水袅起缕缕氤氲

准给你留下个永远发烫的记忆

而当你接替他们位置的时候

你也就懂得怎样做父亲了

---

① 邓家顺著：《中国军营》，中国文联出版社 1996 年版。

中国军营是种植勇敢和坚毅的沃土

也生长绿色相思树

每逢节日假日

树们长势格外良好，偶尔

一位花裙子羞答答飘进营区

捧出大红枣儿浓浓的乡情

打开那双不肯发表的处女作

针脚挺细密——

军营便格格地笑了

那些十八九岁的哥哥们

也都兴奋得一起跟着失眠

中国军营怀胎于恐怖日子

临盆于南昌城头

拔节于雪山草地

成熟于战争与和平的漫长风雨

尔今耸立在高山密林

摇曳在大海沙漠……

兵们用鲜血与汗水

混凝成特殊的钢铁之躯

用奉献和牺牲

收获句"最可爱的"赞语

一旦战争流感从某处入境

中国军营便会一夜走俏

那些平常又平常的年轻人

带着腼腆带着绷带和止血布

被热烈拥进各类刊物版面

或者各种频道和频率

以十倍百倍激情向外报道

中国军营消息

友：好诗，好诗，果然名不虚传。我读了很受感动，这样的诗一定会受读者欢迎。

答：当然是好诗。诗要美，这首诗好就好在它很美。

友：是吗？不用多说了，请你来深层次分析分析。

答：请别讲笑话，什么深层次低层次的，我这个人爱胡扯，大家一起讨论研究。

中国军营本是个庞大而复杂的系统，作者没有对细节做过多的描述，而是以四十多句诗行将军营的气质呈现于读者面前，且具诗的魅力，很了不起！

你看新兵入伍时的诗行：

当你作为新兵初到军营时

在班排连所有"长"的眼里

便都把你书写成"小皇帝"

生日面条溢出丝丝柔情

把父爱母爱拉得很长很长

洗脚水袅起缕缕氤氲

准给你留下个永远发烫的记忆

而当你接替他们位置的时候

你也就懂得怎样做父亲了

诗句写得多么温馨、感人,"而当你接替他们位置的时候,你也就懂得怎样做父亲了。"短短两行诗,巧妙地把军营的优良传统衬托出来,这是一种很高超的运用自由体诗的特质的写法,是用古典诗的写法难以表达的。可见,"因时递变""踵事增华"的见解是正确的,是诗发展的必然趋势。

军营的生活是艰苦、严肃、紧张的,诗中作了这样的描述:

只有在战斗间隙训练间隙

工作抑或劳动间隙

才可以裸露黑红的脊梁

任阳光恶作剧般地抚摸

……

　　为了祖国和人民的安宁生活，我们的军人承担着保家卫国的重任，在进行军事训练的空隙，就吼几句列队歌曲或反刍几句家乡小调。这种平实忘我的精神，怎不叫人为之动容？人民也为有这样的军人而感到骄傲与自豪。动人的诗，能产生巨大的力量。

　　我们的军营，就是这样平实的军营：

　　　　　　一旦战争流感从某处入境

　　　　　　中国军营便会一夜走俏

　　　　　　那些平常又平常的年轻人

　　　　　　带着腼腆带着绷带和止血布

　　　　　　被热烈拥进各类刊物版面

　　　　　　或者各种频道……

　　短短的几句诗，军人的光辉境界就浮现于读者面前。就是这样的军营里驻守着一群勇敢、刚毅、不怕牺牲的军人，受到人民的爱戴，给人民无限的安全感。

　　对于光荣的军史，作者也只用了若干这样的诗句来描述：

　　　　　　中国军营怀胎于恐怖日子

　　　　　　临盆于南昌城头

　　　　　　拔节于雪山草地

成熟于战争与和平的漫长风雨

以"怀胎""临盆""拔节""成熟"等跳跃性的意示语言，构成诗的意境，不仅表现了军队一往无前的伟大奋斗历程，而且写得诗味盎然。

军营生活里当然也有恋爱与婚姻：

中国军营是种植勇敢和坚毅的沃土

也生长绿色相思树

每逢节日假日

树们长势格外良好，偶尔

一位花裙子羞答答飘进营区

捧出大红枣儿浓浓的乡情

打开那双不肯发表的处女作

针脚挺细密——

军营便格格地笑了

那些十八九岁的哥哥们

也都兴奋得一起跟着失眠

这诗的后两句："那些十八九岁的哥哥们，也都兴奋得一起跟着失眠。"写得俏皮动人。但是写婚礼写到"一位花裙子羞答答飘进营区，捧出大红枣儿浓浓的乡情"就可以了。下两句"打开那双不肯发表的处女作，针脚挺细密——"应删去或修改为妙。

友： 是吗？那太过分了，太苛求了。

答： 是的。羞答答"花裙子"已清楚地表明了新娘子的身份，那"针脚挺细密——"不一定要在婚礼上打开，那是属私隐之情，最重要的是这两句啰唆之语读起来不顺，成了所谓"神韵"的阻隔，伤了诗的韵味，但瑕不掩瑜，《中国军营》是一首成功之作，是一首很难得的好诗。这曲军营礼赞是值得推荐与珍藏的。这是我的看法，有不同意见，大可商榷。

对话之二十五
《惊蛰雷》的感染力从哪里来（上）

■ **内容提要：**

- 诗是生活的反映，抒写生活是诗人的天职。
- 《惊蛰雷》有独特的艺术魅力。

友：张先生，你看过《惊蛰雷》这部诗吗？

答：你问的是唐德亮先生写的长篇政治抒情诗《惊蛰雷》吗？

友：是的，正是这部诗。

答：看过。你也看过吗？

友：我也看过了，想听一听你的看法。

答：很惊讶！

友：什么？惊讶？你读了这部诗后，是因觉得很精彩而惊讶呢，还是觉得这是一首无病呻吟，或是虚张声势的嚎叫的假诗而惊讶呢？

答：一部四千六百行的长诗，仅不到十个月就完成，速度之快，又写得如此感人，怎不让人惊讶！

友：那你一定体会很深，请谈一谈你的高见。

答：我谈不出什么高见了。这部诗有"序"和"跋"，把问题说得很清楚了。特别是张永健先生写的"序"，写得很到位、很深刻。他开头就写了诗成的背景：当东欧剧变，多个社会主义国家像多米诺骨牌般遽然坍塌；不久后，第一个社会主义国家苏联解体，飘扬在克里姆林宫上空的红旗黯然落地，代之以俄罗斯的三色旗。面对乌云翻滚、浊浪排空的险恶局势，著名诗人朱子奇以独有英雄驱虎豹、更无豪杰怕熊罴的英雄气概，于1992年3月在《光明日报》发表了讨伐叛徒、歌颂无产阶级革命的长篇政治系列抒情诗《星球的希望》，在社会上引起强烈的反响，"得到了各界一致的好评"。而著名诗人唐德亮的《惊蛰雷》，"又是一部反思国际共产主义运动的皇皇巨著"，并"由近及远，由中到外，由当代到近代古代，由中国、亚洲、欧洲到美洲、拉丁美洲，到世界各地，把政治、经济、文化、历史、哲学、艺术与爱国爱民、忠于共产主义的情思融为一体，通过各种形式的比较、对照、链接，歌颂真善美、鞭笞假丑恶，让人们从政治的视野、经济的脉络、历史的教训、哲学的思辨与文化的背景来深思共产主义运动受到挫折的主要原因及教训。"张永健先生对此诗作了详细的论述，你看看他的分析就清楚了。我能想到的，他都说了，我要再说什么那也是

"狗尾续貂"，我不能再说什么了。

友：张永健先生的文章我是看过的，我很赞同他的看法。我现在向你提出的是作者唐德亮的胆识及其美学思想问题。

答：啊！你有这个想法？这是个新的问题，请谈谈吧。

友：像《惊蛰雷》这样的诗句：

> 这年头，我常常感到幸福
>
> 打开时光之窗
>
> 扑眼是深远的河流
>
> 流动着欢乐的笑靥
>
> 迎面是生动的季风
>
> 编织着七彩的虹霓
>
> 遍野是丰盈的稻穗
>
> 擎举着迷人的希望
>
> 不断繁衍的景观
>
> 铺展着斑斓的画卷……
>
> 可是，我又常常痛苦
>
> 痛苦那甜蜜的风　有时
>
> 变幻成苦涩的雨
>
> 迷人的云朵　有时
>
> 竟裹挟着　　一阵阵
>
> 霜雪与冰雹

于是，我幸福的皮肤上

疯长着迷离的困惑

这样的诗，亲切感人，但作者写这样的诗句，是很有胆识的。你同意我的看法吗？

答：我有同感。你的话好像还没有说完，你继续说吧。

友：又如这样的诗句：

三月二十八日：一个划时代的日子

伟大的巴黎公社宣告诞生

这座古老的城市

沉浸在欢乐的海洋

阳光向巴黎绽出短暂的微笑

革命与反革命的血火较量

留下"公社万岁"的一串悠远回响

……

我坐在大文豪雨果老人面前

听他讲公社失败后

梯也尔、俾斯麦匪军

怎样如红眼的恶魔

用乱枪扫射穷人

无论大人、小孩、病人

听他讲梯也尔、卑斯麦匪军用大炮

残忍屠杀战俘　成排速射霰弹炮

吐出罪恶的火舌　尸横遍地

塞纳河　漂着鲜红的血液

听他讲热血怎样洗遍街垒

母亲用手挖窟窿

掩埋才两个月的孩子

诗人写革命的艰难，写反动复辟势力的穷凶极恶，写得如此撼人，真是有胆有识呀！

又如：

强拆！强拆！强拆！

……

围着几间古朴的小楼。与一群农民对峙

一声"拆"

轰隆隆的推土机

举着大铁钳的挖掘机

如狼似虎扑向小楼

一阵呜哇的哭闹

　　你对着腐败、对着贪得无厌、对着强行霸道，还会彷徨、踌躇吗？

　　是的，我很佩服这位作者的胆量。

答：我们再不用多读了，问题清楚了。你的问题使我想起叶燮在《原诗》中提出的"才胆识力"。

　　叶燮指出，理、事、情，"此三言者足以穷尽万有之变态"，才、胆、识、力，"此四言者所以穷尽此心之神明"；诗是"以在我之四，衡在物之三，合而为作者之文章"的①——这才是作诗者的主、客观关键所在。

　　叶燮还指出，才、胆、识、力中，"识"是先决定条件，没有识，写诗不行，无识不能生胆，识、胆相连，但识与胆又各有不同，人的"识"有深浅，"胆"有量度，如果你只有"识"，但"胆"怯，也是写不出好诗的。

友：很好，说得很在理。

答：你对《惊蛰雷》所写的理、事、情是看得见的、是清楚的，但你写不出，不敢写。

友：是的。

答：那就难以为诗了。诗是生活的反映，反映社会生活是诗人的天职。没有"胆"，就不可能尽诗人天职之责，就不可能出现屈原、曹植、陶渊明、李白、杜甫之作，也不可能出现殷夫、闻一多等人的诗作。

---

① 叶燮著，霍松林校注：《原诗》，人民文学出版社1979年版，第23、24页。

友：我还在考虑这个问题：为什么这诗能感动我，感染力从哪来？

答：这是一个很重要的问题，但今天时间来不及了，我们再找时间
来讨论可以吗？

友：好的，谢谢你！

对话之二十六
《惊蛰雷》的感染力从哪里来（下）

■ 内容提要：

● 意象、意境是怎样创造的？

● 《惊蛰雷》的价值是由它反映的生活内容和呈现的艺术品格的高度所决定的。

友：张先生，又来麻烦你了！

答：讨论研究问题，无所谓麻烦不麻烦。请你继续说下去！

友：《惊蛰雷》这么感动我，感染力从哪来？

答：来自诗的艺术魅力。这诗是很难得的。

　　诗作者唐德亮学识渊博，对古今中外很多诗人、有影响的历史人物，他都有很深切的了解，对国际共产主义运动的每一次重要胜利或挫折都做了深入的研究。唐德亮对艺术的特性很有感受力。他曾引用沃罗夫斯基的话说："第一，它是否符合

艺术性的要求""第二,它是否贡献出了某种新的比较高级的
东西……"① 这表示唐德亮是谙识诗的艺术手法的,写诗时,
需要什么样的人物或事件,他能信手拈来,并有能力化为感人
的诗行,才成就了《惊蛰雷》这部气势磅礴、惊人骇俗之作
的诞生。唐德亮是个有才有胆有识有力、对诗的发展作出了巨
大贡献的诗人,为诗歌这一光辉星座增添了熠熠生辉的光彩。

友:你说得对,我就是想了解作者用什么样的艺术手法写出这部诗
　　的。

答:他的艺术手法是以意象创造来反映生活。

友:这有什么诀窍吗?

答:这就是诀窍,是写诗的一个根本要求。

友:提得那么高?

答:是的。要知道,以意象创造来反映生活是有很大难度的。

友:是你的发明吗,是你的发现吗?

答:不,不,不,不是我的什么发现,更不是什么发明,是经过无
　　数诗人之创作而总结出来的一条经验。

友:是吗? 那就请谈谈写诗的这一经验及妙处。

答:叶燮谈到写诗时作过这样的阐述:

可言之理,人人能言之,又安在诗人之言之! 可征之事,
人人能述之,又安在诗人之述之! 必有不可言之理,不可述之

---

① 唐德亮著:《惊蛰雷》,中国戏剧出版社 2013 年版,第 195 页。

事，遇之于默会意象之表，而理与事无不灿然于前者也。①

　　这说得很清楚，诗所写出的理、事、情，不是一般意义的理、事、情，是经过艺术提升的、更美更感人的理、事、情，是以意象、意境表现出来的。

友：你的话太抽象了，你说的意象太抽象了，请你以具体的诗句分析来告诉我：这种创作与一般的文章写作有什么差异？

答：你前面念的诗句就说明了这个问题。

友：在哪儿呢？

答：很具体。你看这些句子，不是你才念过的吗？

　　　　　伟大的巴黎公社宣告诞生

　　　　　这座古老的城市

　　　　　沉浸在欢乐的海洋

　　　　　阳光向巴黎绽出短暂的微笑

　　　　　革命与反革命的血火较量

　　　　　留下"公社万岁"的一串悠远的回响

　　"阳光向巴黎绽出短暂的微笑"，因为"巴黎公社"的革命很快遭到反革命的镇压，只留下了"公社万岁"的一串悠

---

① 叶燮著，霍松林校注：《原诗》，人民文学出版社1979年版，第30页。

响的回声。这一连串意象的运用，让它成为一句难得的好诗。

友：好呀，老兄，张先生，我叫你老兄了。你的话让我觉得很有启
发性，请你再举几个例子，让我体会体会。

答：笑话，笑话，什么启发性，这叫各抒己见，抛砖引玉，以辨是
非。不过，笑一笑也好，人有一笑变年少。

友：好，不谈别的，请吧，老兄！

答：请看这几句，是写马克思的：

> 这位伟大的先哲
>
> 人类灵魂与思想的导师
>
> 真理之路的探索者
>
> 人类历史规律的发现者
>
> 开拓者　每一根胡须
>
> 都是一片智慧的森林

"每一根胡须，都是一片智慧的森林"。短短的几行诗，
将马克思的伟大作了绝妙的表现，写得美妙！

请看这几行：

> "半部《论语》治天下"
>
> 被历代帝王翻得残破不堪
>
> 依旧挡不住一个王朝又一个王朝

雪崩般坍塌

沉舟。挣扎。倾覆。

　　这些诗句，句句像重槌，又具有深厚酸辣之味，将封建帝制那套骗人的虚伪的把戏，彻底暴露在光天化日之下，可见诗人的胆识与功力，以及诗的意象之感人！

　　写李白：

衣袂飘飘

何止"风歌笑孔丘"

……

用诗

用酒

用高于八斗之才

用比铁还硬的傲骨

打造一枚诗的月亮

朗照古今……

　　诗人以"打造一枚诗的月亮，朗照古今……"等诗句，以意象手法，将李白蔑视权贵、不畏艰险的潇洒神态，向人们做了超然的展示。这也寓示着诗歌这块沃土不能媚俗，只有与生活融合，与真善美融合，才可以收获美丽之花与丰硕之果。

请看写嵇康之诗行：

> 琴声如诉
> 琴声带着血丝
> 带着傲气
> 缠绕着三国的天空
> 刀起头落。　嵇康微笑着
> 用头将历史
> 砸出了一个窟窿

诗人写嵇康蔑视虚伪的、以旧礼教维护统治的司马集团，不惜以生命为代价维护正义，"用头将历史，砸出了一个窟窿"。诗行回响于读者心中，表现出何等惊心撼人的艺术光芒。

再请看，写美国的一位作家的诗行：

> 从印第安纳州特雷特城出发
> 我看见　西奥多·德莱塞
> 在浑黄的时间与铺花的
> 草地　　漫步着
> 跋涉着　　在苏维埃莫斯科
> 他与光明作了亲吻

心灵的脉管　从此

接上了"光明的电源"

而在纽约　他又与黑暗

短兵相接　厮拼得

难解难分

……

诞生了一个美国二十世纪

最伟大的小说家

诗人写马克思主义的传播，写真理的感染力量，只用了
"在苏维埃莫斯科，他与光明作了亲吻，心灵的脉管从此接上
了'光明的电源'"，简单的几句，写出了美国作家西奥多·
德莱塞变成了共产主义的信仰者，创作了一部伟大的"作
品"。诗行不多，但如此感人，体现了这部诗的艺术魅力。

我已读了好几段了，有国内的，也有国外的，不要再读
了。

友：好诗，好诗。对于好诗，我是韩信点兵，多多益善的。请再读
一些。

答：只能再读一段了。请看，诗人写赫鲁晓夫一伙这一段：

莫斯科。新圣女公墓

我看见，赫鲁晓夫的灵魂

从墓中飘出

……

躲藏。喘息。窃笑。

……

是我挖掉苏联

最初的墙基

……

我梦见　戈尔巴乔夫

与叶利钦　在地狱相遇

两人又是拥抱又是亲吻

……

戈尔巴乔夫口沫横飞

额上的胎记蛇信子般吓人

向众鬼吹嘘他的"盖世奇功"

友：真个是闹得"不亦乐乎"呀！

答：你看，又有来者了：

美国前国务卿杜勒斯

大摇大摆，洋洋得意

叼着烟斗　闯了进来

……

"是我们，用军备

拖得苏联精疲力竭"

"是我们，用经援作诱饵

让贪馋无能的戈叶上当"

作家没有作激烈的批判，没有做细致的剖析，只用诗行搭了一个广阔的平台，让他们自行表露其卑劣的行为及丑恶的灵魂。妙趣横生，以上诗句都是以创造意象的手法来完成的。

我只能说到这里，其余诗句，你自可去琢磨体会，这也是挺有趣的。

友：你对这部诗还有什么要说的话吗？

答：我希望这部诗再版时能多印一些，现在市场上很难买到这部作品了。

友：这部作品会再版吗？

答：我以为会再版。

友：为什么这么说？

答：这是一部皇皇巨著，四千六百行的长诗是罕见的，又写得那么动人，这样的诗作值得再版。

友：你说可能什么时候再版呢？

答：我能回答这个问题吗？这是由出版社、作者等许多因素来决定的。我说的只是希望。

友：张先生，你对这部诗的评价很高呀！

答：不是我的评价高，是这部作品反映的生活内容价值和呈现的艺术品格的高度决定了这是一部好诗。

友：你对这部长诗从多个方面进行了审视，并提出了你的看法。看来你对《惊蛰雷》是很有研究的。你认为这部诗作对社会有多大的影响？

答：谈不上什么深入的研究，只是一些读后感而已。

首先，《惊蛰雷》是一部长达四千六百行的长诗，仅用不到十个月就完成，这样的写作速度是惊人的，作者对生活的感受力和他的写作才力就值得诗界研究。

其次，他勇于介入生活，对那些贪污腐化、徇私枉法者的罪恶及其可耻下场，作了无情的揭露；对无产阶级革命的艰苦、曲折与卓越的奋斗作了歌颂；对马克思主义的导向性、共产主义胜利的必然性展示了光辉的前景，给人鼓舞，催人奋进，极尽诗人之天职。

第三，这是一部长篇自由体诗的创作。自由体诗不像古体近体诗那样受束缚，但创作难度也很大。诗是以意象、意境来反映生活的，自由体诗怎样才能更好地创造意象、意境，是诗人们正在摸索、探讨的一大问题。《惊蛰雷》写得如此成功，给诗界创作者提供了一个很不错的研究范例，这也是一个很大的贡献。

无论你的看法是怎样的，但在中国当代文学史上，人们谈到诗时，都是难以绕过《惊蛰雷》这一高峰的。

对话之二十七
《漳河水》艺术特色何在

■ 内容提要：

- 《漳河水》以三条主线展开人物描写，这是对长篇叙事诗的新开拓。
- 构思结构精巧。
- 序诗颇有特色。

友：据说，你对长篇叙事诗《漳河水》很赞赏，有这事吗？

答：是的，我很赞赏《漳河水》。

友：《漳河水》有什么特别的地方，能引起你这样的兴趣？

答：《漳河水》的艺术特色！

友：它的艺术特色在什么地方？

答：第一，《漳河水》对叙事诗中人物的安排有新的开拓——叙事诗一般都是围绕一个主要人物或一对人物来展开故事情节的。

《漳河水》却以三个姑娘三条主线来开端：

荷荷想配个"抓心丹"，
苓苓想许个"如意郎"，
紫金英想嫁个"好到头"

然而，她们却未能如愿：

荷荷配了个"半封建"，
天天眼泪流满脸！
苓苓许了个狠心郎，
连打带骂捎上爹娘！
紫金英嫁了个痨病汉，
一年不到守空房！

如此这般就展开了她们的不同遭遇及斗争历程。这种由单元叙事到多元叙事的写法，是对长篇叙事诗写作的开拓，是有贡献的。

友： 以前没注意到这个问题，这么一说，是很值得研究，还有吗？

答： 第二，这部作品的构思很精巧。

写叙事长诗，都要有精心的安排，比如，人物出场的先后、故事的展开，都是很费心思的。《漳河水》却以漳河水来起兴，以三个姑娘在河边上谈心事来巧妙地引出故事：

漳河水，水长流，
漳河边上有三个姑娘。

然而，姑娘出嫁了，各在他乡，下一步该怎样写？诗人是这样安排的：

年年要过十二个月，
度过冷来度过热。
榆花开，花开搭戏台，
姊妹们回娘家碰在一块。
无心看牛郎会织女，
无心看郭驸马"打金枝"。
三人拉手到漳河沿，
滴滴泪珠挂腮边！

真是千言万语不如一个"巧"！作者"巧"用时节搭戏台的机会让她们回娘家，重新汇聚于漳河水边，诉说她们经受的痛苦，开展新的斗争历程，这个安排不能不叫人赞叹！

第三，这部作品的语言通俗易懂，且具情韵，出现的人物都各有性格。

　　荷荷受过党的教育，她勇敢地摆脱了那个"半封建"家庭，跳出火坑，并找到了如意的丈夫，她变得温柔了。当她的丈夫要出差时，他们二人有这样的一段对话：

> "干革命，把身翻，
> 以后要积极做模范。
> 明天要调我下江南，
> 动身不等吃罢早饭。"

> "我今宵不歇打干粮，
> 明早送你上火车站！"

　　荷荷的话多么温馨，多么温柔，多么令人感动！

　　苓苓是个勤劳有能耐的人，而她的男人"二老怪"是个怪脾气的人，对他不称心的事要就开骂喊打。他看见苓苓参加了互助组，就提出离婚，要另过，要到区里写休书。苓苓却不慌不忙地跟他算账，拉出一条长长的账单：

> "后天另过也不忙，
> 还得跟你算算账：
> 去年穿俺五对鞋，
> 一对就按五工折。

> 两身布衫一身棉，
> 至少不算个十万元？
> 去年俺织了十个布，
> 一个值钱两万五。
> 卖了俺布买驴回，
> 草驴该俺有三条腿。
> 洗衣做饭都是我动，
> 一年算三月九十个工，
> 男女平等讲民主，
> 谁不民主就找政府！"

话说得有理有据、通情达理，说得"二老怪"无话回答。作者以平淡之中见神奇的手法，表现了苓苓的勤劳能耐，也反映了她灵活睿智的一面。

第三个姑娘是紫金英。她嫁了一个痨病汉，不到一年就守空房，养了个墓生娃。她自卑，软弱，生活悲惨，你看这描述：

> 怒火烧心心要炸，
> 忽然惊醒了墓生娃。
> 拍拍孩孩乖乖睡，
> 眼泪滴落小嘴巴：

　　　　　　　　　"咽了吧，莫嫌苦，

　　　　　　　　　记住你娘是寡妇！"

　　这些话听了叫人心酸落泪！我认为，这些诗行是可以与世界上所有叙事诗中的精彩诗句相媲美的。

　　然而，在姊妹的帮助下，紫金英变了，她参加了互助组，坚决拒绝想和她要好而纠缠不休的白面书生，走上了新的生活道路，叫人欣慰。

　　还有一点：这部作品的序歌写得很有特色。

友：序歌有什么特色吗？

答：这首长诗的序歌是有特色的。

　　你看看：

　　　　　　　　漳河水，九十九道湾，

　　　　　　　　层层树，重重山，

　　　　　　　　层层绿树重重雾，

　　　　　　　　重重高山云断路。

　　　　　　　　清晨天，云霞红红艳，

　　　　　　　　艳艳红天掉在河里面，

　　　　　　　　漳水染成桃花片，

　　　　　　　　唱一道小曲过漳河沿。

序歌充满情景交融的意境美，写得如此甜蜜、温馨、醉人，洋溢着情愫，像一道晨光落大地，显示出作品前路的光景，不仅写出了漳河水的美，更写出了人的美、生活美；是"漳河发了水，冲坍封建大古牢""解放了的漳河水永欢笑"的主潮来临的前奏，写得如此美妙，怎能不说是这部作品的一个特色呢？

友：是这样吗？

答：是的，我赞赏这部作品，就是在于它的意境创造之妙。

对话之二十八
怎样解读鲁迅关于"好诗到唐已被做完"的论断

■ 内容提要：

- 鲁迅的论断符合诗发展的史实。

- 否定此论断，源于没有全面、辩证地理解其实质。

友：鲁迅先生有一段名言："我以为一切好诗，到唐已被做完。此
后倘非能翻出如来掌心之'齐天大圣'，大可不必动手。"有
学者批评说："一切好诗到唐已被做完的说法，本身就是错误
的。"不知你看过这篇文章没有，对这个问题有没有兴趣？

答：看过这篇文章。我认为，各人看问题的角度不同，提出不同的
看法是正常的。所谓"百家争鸣"嘛，有什么问题都可以辩
论的。看完这篇文章后，我不以为然，还感到十分惊异。

友：为什么会这样，是你有什么错觉吧？

答：这篇文章完全否定了鲁迅论诗这一名言，但论点不对，论据不

足，论证有错。

友：那就请你谈一谈你的看法。

答：对于这个问题，将鲁迅说这句话的前后文联系起来就清楚了。鲁迅这句话是 1934 年 12 月 20 日致杨霁云信中说的，主要部分如下：

> 来信于我的诗，奖誉太过。其实我于旧诗素未研究，胡说八道而已。我以为一切好诗，到唐已被做完，此后倘非能翻出如来掌心之"齐天大圣"，大可不必动手。然而言行不能一致，有时也诌几句，自省殊亦可笑。玉谿生清词丽句，何敢比肩，而用典太多，则为我所不满……

这里说得很清楚，鲁迅所说的旧诗，是指一切古诗，自然包括《诗经》、屈原之作、汉乐府、魏晋南北朝等古诗，但这些古诗体还不完善。到了唐代，诗的押韵、平仄、对仗等都完备了，到了高潮期、成熟期，虽然之后涌出长短句冲破了旧诗体，但是那是词了，词是诗余，是别的一类了。这便是"时运交移，质文代变"的必然结果。

在这么大的问题上，鲁迅如果对唐以后各朝代的诗作未经过深入研究或考察，是不会说这样的话的；而且他还补充了一句："此后倘非能翻出如来掌心之'齐天大圣'，大可不必动手"，并在'齐天大圣'四个大字上慎重地加上了引号。这就说明鲁迅做出这样的结论，是有理有据的。

友：是这样吗？请详细阐释你的见解。

答：是的，是这样。写这篇文章的先生却认定，鲁迅的话"本身就是错误的"。

　　为了证明他的判断正确，他列举了宋、元、明、清各朝出现的大家，"宋人有苏轼黄庭坚，便正如唐代有李白杜甫，苏黄在当时及后世诗坛的地位，影响力，都可与前代的李杜相埒"，并称清代诗在整体成就上"形成了中国诗史上的青藏高原"。

友：这可都是有据有证，你以为如何？

答：这位先生所举的论据、论证都不妥。

　　苏轼的确写了一些很不错的诗，如《和子由渑池怀旧》《春宵》《饮湖上初晴后雨》《题西林壁》等，但苏轼在文学史上更多地被公认为是词大家，说他的诗力在整体上能与唐代的诗仙诗圣相比，这合适吗？黄庭坚也写了一些诗，如《登快阁》《新喻道中寄元明用舴字韵》等，并被尊为江西诗派的创始人，但其诗又怎能与李杜匹比。黄庭坚在《答洪驹父书》中说："自作语最难"，"取古人之陈言入于翰墨，如灵丹一粒，点铁成金也"。点铁果能成金吗？"取古人之陈言入于翰墨"与"下笔如有神"岂能相提并论！有专家指出，黄庭坚"在创作上，尊奉杜甫"①。所以说，苏黄之诗"都可以与前

----

①　王启兴主编：《诗粹》，长江文艺出版社 1994 年版。

代的李杜相埒"之说是不对的。即便唐以后诸代都有诗大家
或什么诗"高原",但没有哪位大家能突破唐绝句、律诗所定
下的大框架。足见鲁迅是以"战略"眼光审视诗的发展后,
才做这样的结论的。

友：这也就是说,鲁迅的话是对的,这论断是成立的,对吗?

答：是的。文学史上说："诗至唐而盛。"又有唐诗宋词元曲之说,
这些话都是对的。每个时代有每个时代的文学,每一时代的文
学"盛"后都有余波,这是常理。

　　"诗至唐而盛",这是基于唐诗的发展情况而作出的客观
判断。唐代不但出现了许多著名诗人,作者范围广,人数多,
各阶层都有写诗的,诗篇以千万数计,各种题材都有,真乃诗
之"盛世"。此外,近体诗的出现与兴起也在唐代。唐代对诗
构成的各种要素,如诗的韵律、平仄、对仗等规定得都很清
楚,是以后各代的诗人难以突破的。

　　的确,唐以后也出现过不少诗人,有的诗也很感人,但他
们的诗的形式或要素都没有超越唐代形成的诗体规范,属唐
"盛"之后的余波了,有谁能与唐代的诗圣诗仙相比呢? 如能
有突破,那就真是"齐天大圣"出现了。所以,我认为,鲁
迅的话是不错的,符合事实,而且他还说得很谦虚,说是
"我以为",只作一家之言。但他说得好,说到了要点。

友：还有什么要补充吗? 张先生。

答：对于那位先生的文章中的其他问题,我不想多说,但他误读鲁

迅的观点，涉及对旧诗发展的认识，特别涉及对鲁迅的评价，我不得不再说几句。

那位先生在批评鲁迅的"错误"时，加了"本身就是"四个字，形成了鲁迅的话"本身就是错误"的断然否定语言结构，这就非同一般了。鲁迅本来也是写古诗的好手，他写的《自题小像》《自嘲》等都是很不错的，可见他说的"我以为一切好诗，到唐已被作完"，具有深刻的含义，也照见了鲁迅的胆识。这位先生误读了鲁迅的话，误解了鲁迅，于是走上了对鲁迅先生征战讨伐之途，令人遗憾！

那位先生说，他的《诗词写作教程》出版后，在全国有不少优秀的中学语文教师，在教他们的学生写诗词时，都是用他的教程做教材。我没有拜读过那位先生的大作，但教程受读者"抬爱"，是值得庆贺的。现在他又正为"零基础的人学好诗词"撰写作品，但愿不要再将误解鲁迅的东西举到大作里。那位先生是博士、是诗词研究专家，误读鲁迅的话且不加纠正，便是"错定"了，问题就大了，不仅误解了鲁迅，也误导了读者，必须予以纠正。

我认为，提出鲁迅此语"本身就是错误"的学者，缘于没有全面地、辩证地理解这句话。所以他的看法是错误的。

友：如果别人对你的观点有不同意见怎么办？

答：那很好。不同意见可以通过辩论争鸣，"辩"明是非。在漫长的历史长河中，很多学术问题都是通过争鸣解决的，我欢迎争鸣。

对话之二十九
"诗无达诂"辨析

■ 内容提要：

- "诗无达诂"是什么意思？
- "诗无达诂"是谁提出来的？
- 不能据"诗无达诂"而对诗随意作解读。

友：在谈诗论诗时，有一种"诗无达诂"的说法，这是什么意思？

答：是的，有这种说法。其意是说，诗是很难解释清楚的。诂，指训诂，一般称为解释。

友：这说法是谁提出来的？

答：这个问题不清楚。谈论《诗经》时，有些人认为诗没有通达的或一成不变的解释。这就是所谓"诗无达诂"。现查董仲舒的《春秋繁露·精华》中有"诗无达诂"之语。如果没有发现更早有人说过这话，那应该是董仲舒提出来的。

友： 诗就是诗，为什么有人认为诗没有通达的解释呢？

答： 其中有种种原因，应与诗体的特殊性有关。比如《诗经》中的"硕鼠"一诗。

魏风·硕鼠

硕鼠硕鼠，无食我黍！
三岁贯女，莫我肯顾。
逝将去女，适彼乐土。
乐土乐土，爰得我所！

硕鼠硕鼠，无食我麦！
三岁贯女，莫我肯德。
逝将去女，适彼乐国。
乐国乐国，爰得我直！

硕鼠硕鼠，无食我苗！
三岁贯女，莫我肯劳。
逝将去女，适彼乐郊。
乐郊乐郊，谁之永号？

这首诗，从表面上看，它写的是鼠害，是叙写农民诉说肥硕的大老鼠一年又一年食其黍、食其麦、食其苗，而从未给予恩惠甚至安慰，农家生活极苦，不能生存，要离开这地方，要找个能安居乐业的处所。

这是一首讽刺诗，揭露了统治阶级横征暴敛，人民无法安居乐业的悲惨社会现实！有研究《诗经》的学者作了如下的论述：

> 关于这首诗，古书上有些记载。汉代《潜夫论·班禄篇》上说："履税亩而《硕鼠》作"。《盐铁论·取下篇》也说："周之末涂，德惠塞而嗜欲众，君奢侈而上求多，民困于下，怠于公事，是以有履亩之税，《硕鼠》之诗作也。"意思说，周代末期，君上奢侈，对下一味搜刮，不施仁政。人民困苦不堪，对于公田的事务懈怠冷淡。于是君上想了个主意，对百姓的所有土地——不论公田还是新开垦的私田，一律按亩纳税，这就是"履税亩"。在此以前，农民每年只是出劳役耕种公田，受一重剥削；现在连新开垦的私田也得照章纳税，就要受双重剥削。人们受不了这种加倍的盘剥，就唱出了这首"刺重敛"的歌。①

这就说得很清楚了，《硕鼠》一诗写的并不是鼠灾，而是

---

① 杨合鸣、李中华著：《诗经主题辨析》上编，广西教育出版社 1989 年版，第 331 页。

人祸，诗中将残酷剥削农民的当权统治者比作农田中的大老鼠。

于是，这首诗就可能出现两种不同的解释——诗的表层之说与诗的深层之意。这很正常，诗是可以"言在此而意在彼"的，即实质在"彼"。

友：用这种方法写诗的人多吗?

答：诗是抒情的，一般情况下会直接抒情。但有些问题不宜直诉，就会通过这样的方式来暗示。比如，唐代"牛李党争"之时，张籍写的《节妇吟》就是这样的。

节 妇 吟①

张籍

君知妾有夫，

赠我双明珠。

感君缠绵意，

系在红罗襦。

妾家高楼连苑起，

良人执戟明光里。

知君用心如日月，

事夫誓拟同生死。

---

① 马茂元选注:《唐诗选》下册，上海古籍出版社 2017 年版，第 596 页。

还君明珠双泪垂，

恨不相逢未嫁时。

　　这首诗并不是写节妇重贞操，拒绝了某人的着意追求，而是诗人以"知君用心如日月，恨不相逢未嫁时"之意，表达了自己的政治立场，委婉地拒绝加入"李党"。

　　上面说的是张籍一诗。真是世上有巧事，张籍任水部员外郎时，有一位考生名叫朱庆馀，给他献了一首诗。呈诗与张籍写"节妇吟"之意何其相似乃尔。

闺意献张水部①

朱庆馀

洞房昨夜停红烛，

待晓堂前拜舅姑。

妆罢低声问夫婿，

画眉深浅入时无？

　　这首诗庄重华丽，是写洞房花烛后新娘在拜舅姑之前，讨问其妆容是否恰当？而其要旨是展示才华，向文坛政要张水部自荐，希望在仕途上助他一臂之力，也像张籍的《节妇吟》

---

① 王启兴主编：《诗粹》上册，长江文艺出版社1994年版，第431页。

一样，含不尽之言在诗中。这也是诗的一种巧妙用法，是其他文体难以达成的，但是与"诗无达诂"是两回事。

友：有人认为，词语的多义性可能是造成"诗无达诂"的原因，对吗？

答：词语有多义性，但进入诗后，被诗的结构及其内容锁定了，是难以变动的。诗可以"言在此而意在彼，""彼"是有特指的，不能用言在"彼"而不断地随意"彼"下去，因此，不能用词的多义性来解释"诗无达诂"。

友：你的看法很有自己的见解，我很受启发。对于李商隐的《锦瑟》一诗，有各种不同的解释，是不是受到"诗无达诂"的影响？

答：诗有歧义，众说纷纭，可能是受各种因素的影响造成的。

友：请你先谈一谈对《锦瑟》的看法！

答：我们将《锦瑟》读一读，再来研究好吗？

友：好，请吧！

答：这首诗写得很含蓄，请看看：

锦 瑟①

李商隐

锦瑟无端五十弦，

---

① 王启兴主编：《诗粹》上册，长江文艺出版社 1994 年版，第 454 页。

一弦一柱思华年。

庄生晓梦迷蝴蝶,

望帝春心托杜鹃。

沧海月明珠有泪,

蓝田日暖玉生烟。

此情可待成追忆,

只是当时已惘然。

诗的内容很奇巧,首联以锦瑟五十弦兴起,导入主题"思华年"。但华年并不顺利,充满苦难。颔联用两个典故"庄生梦蝶"与"杜鹃啼悲"充分揭示了"牛李党争"中,作者因被排斥而遭受的悲惨苦难。然而,颈联马上出现了"沧海月明珠有泪,蓝田日暖玉生烟"之叹,鲛人哭啼时流下的眼泪会变成珠,蓝田日暖也会自然发光辉。尾联以直接抒情作结,与首联相照应,写得含蓄深沉感人。

我以为,这诗的要旨是明确的,是思华年。华年虽不甚顺心,但正义者的浩气与才华是永远不会被埋没的。

但此诗的内容的确引起各种解说,有学者指出:"关于《锦瑟》这首诗的主旨,众说纷纭,有悼亡说,有自悼说,有寄托说,还有序《诗集》说等。……考此诗总的思想倾向是自序其诗，作为弁首。"①

最近又有人认为，《锦瑟》的旨意就是"有点难受"；"他就是没来由地发火。"这又引起一些学者的不同看法。唐荣昆教授指出："像清人黄叔灿在《唐诗笺注》中认为此诗'为义山追溯平生而作'是确切的。"并指出："诗题为《锦瑟》，是寓意着对爱妻王氏'幼娘'刻骨铭心的追怀忆念。当他第一次受到无妄的打击，妻子适在异地，即时致一长信劝勉支持他。他写了《无题》诗，表示极大的感慰：'锦长书郑重，眉细恨分明。莫近弹棋局，中心最不平'。不久夫妻见了面，又写了《回中牡丹为雨所败二首》，其中有句：'玉盘迸泪伤心数，锦瑟惊弦破梦频'。在漫长的艰难仕途中，妻子王氏始终是他同心同德、相濡以沫、极得力的贤内助。"②

唐教授的这一段话，只是增述了李商隐夫妻之间的美好感情，没有写他们爱情的方方面面，所说的乃属李商隐所"思华年"的一部分，意在进一步肯定黄叔灿关于此诗"为义山追溯平生而作"的看法。那些将《锦瑟》看作是写爱情之作或认为其主旨为"自悼说"等论断都是不对的。因此，不能用"诗无达诂"来解释《锦瑟》。

友：谢谢，谢谢。可否再详细些谈一谈对"诗无达诂"的看法。

---

① 汪贞幹著：《〈唐诗三百首〉词义辨难》，香港天马图书有限公司 2008 年版，第 250 页。

② 唐荣昆著：李商隐《锦瑟》探析，《心潮诗词》2021 年第 5 期。

答："诗无达诂" 的影响很大。春秋战国时期，人们在很多场合，特别是外交场合，常常以《诗经》等作品中的诗句来抒情、言志，但很多并非遵循诗的本意，属于 "断章取义"。这种借诗而言他意之法，虽曾拓展过诗的功能，可毕竟有限，且开了不良风气，遂成 "诗无达诂" 之说。

这个问题很值得关切。诗是一种意识形态，在阶级社会里，评论家都有自己的思想、道德底线与立场。对于一些优秀诗作，他们觉得不符合自己的口味，就可能以 "诗无达诂" 为幌子，予以扭曲或曲解原意，达到其不可告人的目的。

比如我们在谈《诗经》时，曾谈过《关雎》《伐檀》等诗，《关雎》一诗是描写青年婚恋之作，有人则认为："此诗表现的是 '后妃之德'。他们把诗中的 '君子' 说成是周文王，将 '淑女' 说成是文王之妻太姒，认为此诗表现了太姒配合周文王以 '成其内治之美' 的德行"。[1] 显然，将《关雎》解说成表现 "后妃之德" 是一种曲解，其意是给《关雎》披上封建思想的教化外衣。

《伐檀》一诗，本是反映伐檀者对剥削者的控诉，表现了被剥削者的觉悟与反抗。然而，《毛诗正义》据《诗序》解诗，曰："君子之人不得进仕，坎坎然身自斩伐檀木"。[2] 这就

---

[1] 杨合鸣、李中华著：《诗经主题辨析》上篇，广西教育出版社 1989 年版，第 3 页。

[2] 杨合鸣、李中华著：《诗经主题辨析》上篇，广西教育出版社 1989 年版，第 330 页。

将被反剥削者与剥削者的斗争说成是私怨私愤，有故意曲解之嫌。

以上这些说法都远离了诗的原意，是不对的。

我国古之先贤早已对诗言志、诗缘情作过阐释，诗的主旨是以意境之方式表现出来，诗意清晰且有余味不尽的美感。尽管有个别诗写得比较含蓄，用典深奥，隐约迷离，但主旨总在诗中，只要我们全面地了解其写作背景，用典之意，慢慢读懂全诗，便可清楚其内容。不可碰到一些障碍，就随意用"诗无达诂"来搪塞。如果"诗"是"无达诂"的，诗就变成了一团乱麻，变成了一个谜，那就与诗言志诗缘情的功能相悖。"诗无达诂"之说的错误，在于它违背了诗产生的本义。我以为："诗无达诂"是个伪命题，经逻辑推理，此说难以成立。

以上就是我对"诗无达诂"的看法。

对话之三十
补叙三题

一、对《漳河水》是否有溢美之辞

友：你对《漳河水》的评价很高，有人认为你的评论有溢美之辞，
　　对吗？

答：《漳河水》描写妇女受封建思想和习俗压迫的不幸遭遇与得到
　　解放后的幸福生活，无论思想内容或艺术成就都很高，我是以
　　作品所作出的成就来评说的，没有溢美之辞。

　　　　溢美之辞是指评论者因某种原因而故意吹嘘或过分夸奖之
　　语，这是不能容忍的恶劣行为。当前社会上的确存在着这种团
　　团伙伙吹捧的下作行为，应受到批评与制裁。我绝不会"溢
　　美"任何一部作品。你认为我对《漳河水》的评论有溢美之
　　辞，根据是什么？

友：你不是说过，《漳河水》的"诗行可以与世界上所有叙事诗中
　　的精彩诗句相媲美"吗？你看过世界上所有的叙事诗没有？

这不是"溢美"是什么？

答：你的话有偏颇，理解有误。有谁能读过"世界上所有叙事诗"呢！可能吗？答案是否定的，因为这是不可能的事，然而我说的话并没有错。每种作品都有其最高标准，那就是感染人、感动人。

叙事诗的最高标准是什么呢？那就是它要充溢着诗性美。诗性美是叙事的一个根本原则。

友：《漳河水》的诗性美表现在哪里？

答：比如，诗中的紫金英，她受尽折磨，嫁了痨病汉不到一年就守寡，养了个墓生娃，受尽歧视；她软弱自卑，生活悲惨。你回头来看诗中的这段描写：

> 怒火烧心心要炸，
> 忽然惊醒了墓生娃。
> 拍拍孩孩乖乖睡，
> 眼泪滴落小嘴巴：
> "咽了吧，莫嫌苦，
> 记住你娘是寡妇！"

这些诗句读了怎不叫人心酸落泪，我不知道你读了感受如何，感动了吗？

世界各种叙事诗的写作对象不同，但叙事诗有了感人的诗性美，才能达到"至处"。我认为，《漳河水》这些诗行是达到了"至处"的，是上乘之作。不信，请你就此题材写一首试试，看能否超出这诗的美，我认为很难！

正是基于这原因，我提出了这些诗行"可以与世界上所有叙事诗中的精彩诗句相媲美"的评价，这是实际情况，没有溢美之辞。你还有什么问题要说的吗？

友：没有了，清楚了，你的看法很有胆识，谢谢老兄。

答：不必客气，问题讨论清楚就好。

二、对赋、比、兴的理解

友：谈诗时，很多人都说起赋、比、兴，你对这个问题感兴趣吗？

答：关于赋、比、兴，历来有不同的看法，新意迭出，我同意赋是一种平铺直叙的表现手法。如杜甫的《兵车行》：

兵 车 行①

杜甫

车辚辚，马萧萧，

行人弓箭各在腰。

耶娘妻子走相送，

---

① 王启兴主编：《诗粹》，长江文艺出版社 1994 年版，第 317 页。

尘埃不见咸阳桥。

牵衣顿足拦道哭，

哭声直上干云霄。

……

这种直叙铺写的赋的用法，使人如目睹封建统治者穷兵黩武发动战争，征夫出征时的惨状。这种手法，写实如素，干脆利落，如"牵衣顿足拦道哭，哭声直上干云霄"等诗句产生的意境，是用散文写法难以做到的。这是诗之赋的直叙的一个长处和特点。

但赋在诗中还有一种写法，如《木兰辞》中有这样的诗句：

东市买骏马，

西市买鞍鞯，

南市买辔头，

北市买长鞭。

诚然，这里所说购鞍买马都在同一市场。但诗却用了东市买什么、西市买什么……分东西南北来写。这种方法与平铺直叙的写法不一样，这是一种铺陈之法。这样增强了抒情性，渲染了木兰出征备战的庄重氛围，衬托了木兰代父出征的光辉品格，令人回味。因此，赋既有平铺直叙的笔法，也有铺陈之法。

友：那什么是比呢？

答：诗中有些事不宜直陈，有些话不便直说，就采用了类比之法来表达其意，此谓之"比"。

　　我们在对"诗无达诂"的辨析中，曾论述过《魏风·硕鼠》和张籍的《节妇吟》两首诗。

　　《硕鼠》一诗表面上写硕鼠占食我黍我麦，实质上是控诉统治阶级对被统治阶级的无耻剥削，以硕鼠类比剥削者。《节妇吟》诗中写节妇重贞操，其要旨是表达作者的坚定政治立场，委婉地拒绝加入"李党"。也就是说，"比"是"言在此而意在彼"的，以此成诗但别有他意。在此就不展开说了。

友：好的，请继续说下去！

答："兴"是什么？也有各种不同的说法。有人认为，兴是有所触动而兴，如项羽的《垓下歌》：

垓 下 歌①

项羽

力拔山兮气盖世，

时不利兮骓不逝。

---

① 王启兴主编：《诗粹》，长江文艺出版社 1994 年版，第 70 页。

骓不逝兮可奈何，

虞兮虞兮奈若何！

　　这是一首悲歌。在楚汉战争中，由于项羽不能知人善任，自矜勇力，被围困于垓下，在四面楚歌中，误认为时不我待，对他的爱马、爱姬反复呼唤，满怀英雄末路的悲哀中唱出了这样的歌，是因有所触动而兴起之作。

　　山歌的对唱，多为这种感事而兴之作，其中的好作品很多很多。

　　而"兴"又有另一种作用，即起兴或象征之用。比如《关雎》一诗：

　　"关关雎鸠，在河之洲"，接着是"窈窕淑女，君子好逑"。之后再也没有提过"关雎"，"关雎"之句就叫作起兴，即以"兴"引出诗要写的真实内容。

　　又如《邶风·燕燕》。

邶风·燕燕①

燕燕于飞，差池其羽。

之子于归，远送于野。

瞻望弗及，泣涕如雨。

---

① 杨合鸣、李中华著：《诗经主题辨析》上篇，广西教育出版社 1989 年版，第 80 页。

燕燕于飞，颉之颃之。

之子于归，远于将之。

瞻望弗及，伫立以泣。

燕燕于飞，下上其音。

之子于归，远送于南。

瞻望弗及，实劳我心。

仲氏任只，其心塞渊。

终温且惠，淑慎其身。

先君之思，以勖寡人。

这是一位国君送其妹远嫁他乡异国的送别诗，诗分四章，诗的前三章都以燕子群飞起兴。原因何在？试举第一章析之：

燕燕于飞，差池其羽。

之子于归，远送于野。

瞻望弗及，泣涕如雨。

本来诗的后面四句已清楚地描绘了这样的情景：妹妹远

嫁，诗人送到郊外，一直送到望不见踪影，泪如雨下。为何在其前面冠以"燕燕于飞，差池其羽"？究其原因，是以"兴"导出后四句，更便于抒发心中之情，渲染送别时难分难舍的氛围，更感人，更有余味。

那就是说，兴就具有有所触动而兴的兴与起兴的兴。这是写诗的方法。

概而言之，赋、比、兴，皆属写诗的一种艺术表现手法。

三、诗与歌的区别，朦胧诗为何冷落下来

友：诗与歌有区别吗，为什么诗又叫诗歌？还有一个问题，曾热热闹闹兴起的朦胧诗，为什么一下子就冷落下来？

答：严格地说，诗与歌是有区别的，歌是唱的，诗是用以诵读的，我们用两篇作品作一对比就清楚了。

中国人民志愿军战歌

雄赳赳，

气昂昂，

跨过鸭绿江。

保和平，

卫祖国，

就是保家乡。

中国好儿女，

齐心团结紧。

抗美援朝

打败美国野心狼！

另一首是戈壁舟写的诗。

欢迎华北大军过西安①

戈壁舟

五月的太阳上午的街，

华北大军忽拉拉来。

一批批锣鼓迎上一排排号，

人像云涌掌声似雷叫，

对对红旗飘呀飘过彩牌楼。

咱队伍喊口号好比黄河吼。

五月的太阳上午的街，

桌子忽拉拉摆去来。

数不清的茶点数不清的烟，

①　摘自剪报，遗落刊号日期。

数不清的欢迎数不清的爱。

新娘子都在轿里瞧，

公共汽车也停下不再开。

立功的英雄旗儿在头前引，

多少呵英雄连排英雄营。

英雄的功劳不用问，

缴来的枪炮数不清。

数不清的大炮黑顿顿，

数不清的机枪亮晶晶。

美国机枪长得俊，

美国大炮滚得大地都在震。

远看草绿的军装好似麦子地，

近看刺刀又像高粱林。

远看光闪闪的钢盔一条水，

近看枣红的脸儿好精神。

铜墙铁壁太原都攻下，

兰州汉中算个甚？

解放军会师好像风煽火，

胡马匪军好比烂柴棍。

只要大军一向前，

眼看胡马匪军化灰尘。

友：两部作品都很不错，都很感人。

答：是的，都很感人。但它们又各具自己的特点。

前一作品是歌，是志愿军的出征之歌。"雄赳赳，气昂昂，跨过鸭绿江"，刚健有力，旋律自然，磅礴之气油然而生，激励着正义的战斗者以勇往直前的战斗精神将穷凶极恶的侵略者赶回"三八线"，打败野心狼。

后一作品涉及的事件较多，有写群众欢迎大军的："桌子忽拉拉摆去来，数不清的茶点数不清的烟，数不清的欢迎数不清的爱。"有写军队的威武、纪律严明的："远看草绿的军装好似麦子地，近看刺刀又像高粱林；远看光闪闪的钢盔一条水，近看枣红脸儿好精神。"也有写我军战斗胜利的："缴来的枪炮数不清，数不清的大炮黑顿顿，数不清的机枪亮晶晶。"显然，这首诗是难以唱出来，用"诵"才能诵出真情真味，则说明歌是唱的，诗以诵为宜。因此，诗与歌是不一样的。

诗与歌各有独特之处，但诗与歌又有相互联系，有些诗可变成歌，有些歌可改变成诗。如《黄河大合唱》，光未然写出的诗稿，冼星海却以精湛的艺术手法谱出曲来，使《黄河大合唱》成了一首影响深远的杰作。又如《涛声依旧》，本是一首歌，但去掉它的曲谱，将它分行排列，又可变成一首诗，因为这首歌的歌词出现了意境（见本书附录：《诗的本原是什么？》）。

为什么将诗又称为诗歌呢？在古代，很多诗都是唱出来的。我国古代典籍对此有过记载，《尚书》曰："诗言志，歌永言"。《毛诗序》有言："诗者，志之所之也，在心为志，发言为诗。"换句话说，《尚书》的"歌永言"就是"歌永诗"了，人们将诗称为诗歌也就很自然了。现在有些报纸的副刊都设有散文、小说、诗歌等栏目，也将诗归为诗歌一栏。

然而，诗与歌又是不完全一样的。有人认为"歌为心声"，而"诗乃心灵"。这很值得研究。心灵的东西往往通过意境表现出来，意境乃诗之自然属性，写诗一定要注意创造意境。当然，有的"喜怒哀乐"，是能出现"境界"的（王国维语）。

下面，我谈谈您提出的另一个问题。

您说，曾热热闹闹兴起过的朦胧诗，怎么一下子就冷落下来了呢？您的说法有点不确切。20世纪80年代初曾出现过朦胧诗，有人直作吹捧，但还是不热闹，很多诗人都是很有看法的，很多读者也并不买账。不错，有的朦胧诗作者也写出过一些比较好的诗，那只是偶尔不自觉地符合了诗本身的规律，不是朦胧诗本身"朦胧"出来的结果。诗具有朦胧美，有所谓"水中月""镜中像"之称，有"只可意会不可言传"的美感功能。朦胧美和朦胧是两个不同的概念。朦胧诗作者错误地将诗的朦胧美误作诗的"朦胧"，背离了诗的本意随意去"朦胧"。试以顾城的《远和近》来分析就清楚了。

远 和 近①

顾城

你
一会看我
一会看云

我觉得
你看我时很远
你看云时很近

远和近，指的是什么，不清楚。"你"是谁，也不明确。

有人说，"你"是指朋友，说的是友谊的亲切感。

有人称，"你"是指月亮，远和近是指月亮时隐时现的现象，隐入云时，离我很远。

有人认为，"你"是指恋爱中有了个第三者的感觉。

连写诗的对象都是朦胧的，能写出感人心灵的诗吗？

在此之前，有人曾向我问及对朦胧诗的看法。我曾作过这样的回答："诗本来就具有朦胧美，不宜在诗前冠以朦胧两个字。"如果说真的有一种可称为"朦胧诗"的，那就是将朦胧

---

① 转引自《诗刊》1980 年 10 月号。

诗作为诗的一个类别，它与诗的关系是一种属种关系了，但朦胧诗作者没有提出它的特点与条件，不存在属种关系的构合条件。朦胧诗的提出是不妥的，错误的，因为它背离了诗的本原。这也就是朦胧诗自然冷落下来的根本原因，它的消落是它的必然去路。

我国是诗歌大国，从古至今，有无数美妙的诗章闪耀于世界艺术之林。

我们要深入研究诗的本原，研究诗的意境本质及其形成的奥妙艺术技巧，创造出更光辉灿烂的诗章！

附录：文章二则

意境产生缘由考

张炳煊

■ 内容提要：

　　意境是我国古今作家、文论家研究了上千年的课题，聚讼纷纭，莫衷一是。其实，应从文体语言角度切入，阐释意境产生于诗体跳跃的、有韵律的、意示性语言的奥秘。意境是个完整的艺术品，不是艺术半成品。散文中的意境是文体渗透作用的结果。

一、小　　引

　　意境属美学范畴，是我国文学界、艺术界早已瞩目并为之神往追求的一个艺术至极。仅以诗人、诗哲的孜孜以求，就走上了上千年艰苦而漫长的历程。

　　最早提出"意境"概念的是唐代王昌龄，《诗格》三境中的一境就是意境，有学者认为此乃托名之作；但说明代朱承爵已提出了"意境"，则应是没有问题的。《存余堂诗话》公之于世而没有异语便是有力的证据。然而，在朱氏之前，人们早就开始了意境的研究。刘勰所言的"独照之匠，窥意象而运斤"（《文心雕龙·神思》）中的"意象"，应视为意境的一种初始表述。嗣后，钟嵘的《诗品序》、司空图的《二十四诗品》以及"六一""岁寒堂"、"沧浪"等数以十百计的诗话，都作了许多有益的探索，可惜大多是片言只语侧重于经验式的描述，缺少透彻的系统的理论阐释，王国维所标举的"境界说"被称为"古典意境理论的终结"[1]，也未能超越这一局限性。

　　从 20 世纪 30 年代中期起，研究意境的专论文章相继出现，学者们都力图从理论上阐明意境是什么。特别是 70 年代末 80 年代初，众多的文章争相从不同的角度给意境下定义，大有争鸣求是之势。马正平先生的《五十年来意境研究评述》将现代意境说归纳为四大家："情景交融"说，"典型形象"说，"想象联想"说和"情怀气氛"说。[2]各家论说各家的观点，谁也提不出一个众所公认的界定意境内涵的定义。古今学者耗费了许多的精力和时光去研究意境，还是众说纷纭，莫衷一是，足以说明意境的重要及探索其真谛的难度之大。20 世纪 80 年代，有学者将意境生动地比作一座诱人的"迷宫""一道罕为人熟知的方程"，并这样概括意境研究状况："似乎陷入了僵局：该说的都说了，却似乎又余意未尽；对意境说的有关问题都涉及了，却又觉得它还是一个谜。"[3]时间又过去二十几年，这个"谜"却依然未解开。但意境既然是艺术境界中的一个客观存在，其"庐山真面目"是一定能够被认识被揭示的。现在，人们正憧憬着美好的前景而作艰苦跋涉，去寻找缪斯

之神珍藏着的那个秘宝。本人对意境亦颇感兴趣，读前贤文章，甚
受启发。我认为，没有抓住产生意境的文体的至要之处，是人们对
意境界定莫衷一是的桎梏所在。因此，本人不揣冒昧，涂撰此文，
拟从诗之文体的角度切入来阐释意境。

二、意境及意境的产生

研究意境，首先应辨析清楚意境的内涵，了解意境产生的缘
由。但意境是什么？却是一个探讨了上千年未果的课题。然而古代
一些诗人、诗哲对意境的精妙的描述性语言，往往具有启迪性，通
过其语言，可揣摩探讨意境的真谛，如"空中之音，相中之色，
水中之月，镜中之象"，如"蓝田日暖，良玉生烟"，如"羚羊挂
角，无迹可求"等，都可以说是给意境探究树立了标杆。现代学
者力图界定意境的内涵，并有众家蜂起之势。有人提出，意境是
"情与景（意象）的结晶品"，[4]有人认为，"所谓意境，也就是人
们常说的艺术世界，是文艺家通过艺术作品展示给人们一个想象的
世界。"[5]有人则称，意境"是作者从客观现实取境摄神，熔裁于
意，定型为诗，而提供的能引起读者想象，激发读者情思的一种艺
术境界。"[6]有人则说，意境"是文学艺术作品通过形象描绘表现
出来的境界和情调。"[7]有人则界定：意境是"文艺作品中所描绘
的生活图像和表现的思想感情融合一致而形成的一种艺术境
界。"[8]有的学者还引用了一些外国的文艺理论概念作为补充来研

究意境，如意境的移情作用、意境的通感作用、意境的灵感作用等，甚至还引用了现代心理学上的"格式塔"来加以研究、解释。

意境的定义层出不穷，莫衷一是，原因有二：

其一，对意境范畴缺乏科学的明晰的鉴定。意境是属文学作品所共有的，还是属诗独有的？认识模糊不清。有相当多的学者都认为意境"是任何形式的优秀文学作品所共有的。"[9]《辞海》对意境的界定就持这种观点。虽然有人提出"质疑"，提出意境不是所有文学作品所共有，而是"与诗俱生"，是"诗独有的艺术特性"，并引用《诗经》的《君子于役》《蒹葭》加以论证。[6]但学者们对这种质疑很冷淡，几乎未见有文章作出回应。假如我们将诗与其他文学作品作深入一步的考察，就会发现这种"质疑"的价值。意境实属诗特有的艺术特色。对事物的本体问题尚不明确，自然严重影响着对其内涵做出正确的界定。

其二，没有抓住意境的本质特性。虽然，几乎所有的定义都这样或那样地涵盖了意境属性的某些方面，但大多是意境的一些显性的、一般性的东西，没有抓到意境根本的特性。科学研究首先应抓住研究对象"所具有的特殊的矛盾性"。[10]所谓特殊的矛盾性就是事物本质的独特之处。研究意境内涵，应该抓住产生其内涵的根本，将诗的艺术特点与其他文体的艺术特点作比较，找出其差异。上述定义的缺点正是忽视了这一关键问题。比如有人认为，情景交融，艺术构思进入物我同一的艺术境界，意境就产生。又如有人说，诗的语言是精炼的、含蓄的等。这些都只是揭示了意境的某一层面，没有触及到它特有的深层的固有内质。情景交融，只是创造意境的前提条件。韩愈的《祭十二郎文》可谓情景交融达到至极了，但它是散文，不是诗，它的艺术境界与诗的意境不一样。说到语言的精炼，文学作品一般都能做到，主要通过炼词炼句就可以达成，但诗的语言不是以精炼或凝练概括得了的。说诗的语言含蓄是对的，但别的文体的语言也可以含蓄，或可用喻体等方法隐含其意。那么，诗语言的根本特性是什么？

下面，我们就以上两个问题生发开去，通过对诗的文体与其他文体的比较，来研究意境是怎样产生的。只有弄清楚了其产生的原因与过程，内涵明确了，做出准确的定义也就不会太难了。首先看看《骆驼祥子》中的一段文字：

> 太阳刚一出来，地上已像下了火。一些似云非云、似雾非雾的灰气低低地浮在空中，使人觉得憋气。一点风也没有。祥子在院中看了看那灰红的天，打算去拉晚儿——过下午四点再出去，假若挣不上钱的话，他可以一直拉到天亮，夜间无论怎样也比白天好受些。

这段文字将祥子在极其炎热的环境中挣扎着过日子的形象细致地展现在读者面前，它是按一定的语序来展开叙述与描写的。

再看一首诗：

赤日炎炎似火烧，野田禾稻半枯焦。

农夫心内如汤煮，楼上王孙把扇摇。

（《水浒传》第十六回）

此诗表现的也是农民在极其炎热的天气中挣扎着过日子的情景，但与小说的表现手法不同，展现的艺术形象不同，且除了比兴手法外，其艺术境界是通过跳跃性的语言浮现出来的。

诗语言的这种跳跃性往往突破了一般的语法和语序。比如杜甫的《绝句四首·其三》：

绝句四首（其三）

杜甫

两个黄鹂鸣翠柳，一行白鹭上青天。

窗含西岭千秋雪，门泊东吴万里船。

诗的头两句，"一行白鹭上青天"好理解，但"两个黄鹂鸣翠柳"一句，主语"黄鹂"的对应谓语是什么？就不明确，不好解释。试将这句诗转化为散文：两个黄鹂在翠柳中鸣唱。主谓结构就清楚了。诗与散文相比，"鸣"字跳到"翠柳"前面去了，方位副词"在""中"省略了，"唱"字也隐去了，却呈现了新的艺术境界。通过此例可窥见诗体语言的特殊性。杜甫《秋兴八首·之八》一诗更奇特：

秋兴八首（其八）

杜甫

昆吾御宿自逶迤，紫阁峰阴入渼陂。

香稻啄余鹦鹉粒，碧梧栖老凤凰枝。

佳人拾翠春相问，仙侣同舟晚更移。

彩笔昔曾干气象，白头吟望苦低垂。

　　此诗之所以奇特，是因"香稻啄余鹦鹉粒，碧梧栖老凤凰枝"两句诗耐人寻味。这首诗本是"兴秋"之作，无论抒情、写景，其他诗句都好懂，但这两句诗不仅不符合正常的语法规范，其中的成分完全突破了通常的语序，"不可解"。似乎将其改为"鹦鹉啄余香稻粒，凤凰栖老碧梧枝"，会好懂些，但这样便觉得平淡了。我们细品"香稻啄余鹦鹉粒，碧梧栖老凤凰枝"，不知是高贵的"鹦鹉粒"映衬了"香稻"，还是美丽的"凤凰枝"反衬着"碧梧"，或因其他缘由？顿感呈现出超常的美的境界，始觉改诗不能与杜诗匹比。

　　原因何在？事实上，在我们研究《诗经》意境时，《诗经》已将诗之奥秘向我们作了启示。《蒹葭》一诗展示出"一派隔河相望的痴情随波荡漾"[6]，给人以无限的爱恋与情思——这便是意境，这就告诉了我们，意境是什么。而我们所作的文体特点探索，已清楚地揭示了诗是以跳跃性的语言，运用意示手法获得意境效果的。

杜甫如果不是对诗的艺术特点具有深切领悟，是绝不会如此大胆地突破常规，以最佳的感受、最佳的语言，创作出如《秋兴》中那样耐人寻味的诗句。

其实，关于意境的这种特点，清代的叶燮在《原诗》内篇中早有精彩的描述：

> 诗之至处，妙在含蓄无垠，思致微渺，其寄托在可言不可言之间，其指归在可解不可解之会，言在此而意在彼，泯端倪而离形象，绝议论而穷思维，引人于冥漠恍惚之境。

"含蓄无垠""引人于冥漠恍惚之境"。这是对意境这种奇妙的艺术境界的深刻揭示。这种境界具有朦胧性，但它不是模糊不清，而是呈现朦胧美，它具有"呈于象，感于目，会于心"[11]的魅力与功能。这种艺术境界的产生"寄托在可言不可言之间"，达到"可解不可解之会"。这就是说，意境的生成，是艺术构思到了情景交融的境界，还必须以诗特有的语言方式加以表现才能产生。创造这种意境的语言不同于一般文学作品创作艺术形象的语言，否则不可能创造出如"蓝田日暖，良玉生烟"且"不可凑泊"的艺术之境。也正是这种语言方式，将诗与其他文体严格区分开来。

这里还须补充一句，诗语言的跳跃性是受韵律制约的，必须是具有韵律的跳跃性语言。意境正是靠这种语言以意示手法创造的——而所谓意示，是指不求形似，重在神韵，运意成象于笔端，以意成象，并让读者意会为基准的。

根据以上分析，我们将意境作如下界定：

意境是（作者）情景交融时，以跳跃性的有韵律的语言，运用意示手法构成的可意会的艺术境界。

诗的分行排列，在诗体形式上表现出诗的跳跃性。这种跳跃性，有时是语词的跳跃，有时是句子的跳跃，有时是段落的跳跃。但是，并不是分行排列的都是诗。假如将一篇散文分行排列，那也不会变成诗，不会出现意境。因为散文创造的艺术形象是实象，散文的艺术美，不同于意境中"镜中之象"之美。我们常读到一些诗感到平淡无味，谓之没有诗意，原因就在于这些诗不是真正的诗，不是用诗的跳跃性语言写出来的，写不出意境。王国维说过，有境界（意境），诗的"神韵""兴趣"等便"随之"（《人间词话》）。也就是说有意境才有诗味、有诗意，无意境当然是无诗意了。这就是问题的根本所在。

三、"共同创造"论不符合意境实际

意境与诗俱生。但有的学者认为，意境是加入了读者的"想象""创造"而形成的。这种看法具有一定的代表性，有部颇具影响力的意境研究专著就持这种观点，该论著在一章中明确提出：

"意境的最后完成既包括艺术家的努力，也包括欣赏者的创造，只有把欣赏之境也包括进去，意境才得以最后完成。"[3]而在另一章中又作了如下阐释："艺术意境的完成是离不开欣赏活动的，它的存在是以充分调动欣赏者的想象，补足实际画面（实）所暗示出的内容（虚）为基础的"。[3]一言以蔽之，意境是作者与读者"共同创造"出来的。

意境由作者与读者共同创造的观点，值得商榷。

将艺术意境归纳为"欣赏者的想象""补足实际画面（实）所暗示出来的内容（虚）为基础的"共同"创造"的说法，岂不本身就存在着矛盾吗？作者的"实际画面（实）"既然已暗示"内容（虚）"，则欣赏者（读者）的"想象"就只能是一种对作品艺术的"领悟"，无所谓"补足"；"领悟"是读者对客体作品的理解领会，属于收获，而"创造"却是主体对客体的生产、建构，属于支出。显然，这种"领悟"不能称作"创造"。其实，艺术作品的"实"与"虚"，纯属作者的表现手法，读者是不能也无法参与的。

按"共同创造"论的说法，诗便不是完整的艺术品，只是一个艺术半成品。这样，诗人的概念就变得模糊，不具确切性。一般认为，诗人是指写诗的作家或专门创作诗的人，意境乃属诗的核心、诗的灵魂。如果说，诗人创作诗的意境须由读者最后来完成，从诗的内涵上分析，诗人的定义岂不就难以成立？从创作论的角度审视，最后完成意境的欣赏者是否也属于诗人或半个诗人？所有这些，岂不都是问题！

"共同创造"论的错误在于提出的观点与意境的实际情况不相符。意境是与诗俱生的，前面我们作了引证。意境就藏在诗里头，只要读者抖动一下诗句，意境就自然出来了。如果还不清楚，请读元稹的一首诗：

行　宫

元稹

寥落古行宫，宫花寂寞红。

白头宫女在，闲坐说玄宗。

读完诗后，一幅荒寂败落的行宫中，白头宫女回顾玄宗遗事的画面及难以言传的苦楚自然呈现于人们的脑际，无须读者去"创造"。

缘何出现意境"共同创造"论？主要根由在于将意境对读者引起的共鸣、联想与意境本身的艺术魅力相混淆。有的论著将《红楼梦》中第二十三回林黛玉听戏文的一段描写来作论证就属一例。为了便于辨析，现将这段文章摘引如下：

偶然两句只吹到耳内，明明白白，一字不落，唱道是："原来姹紫嫣红开遍，似这般，都付与断井颓垣……"。黛玉听了，倒也十分感慨缠绵，便止步侧耳细听，又听唱道是："良辰美景奈何天，赏心乐事谁家院……"。听了这两句，不觉点头自叹，心下自思："原来戏上也有好文章，可惜世人只知看戏，未必能领略这其中的趣味。"想毕，又后悔不该胡想，耽误了听曲子。再侧耳时，只听唱道："则为你如花美眷，似水流年……"林黛玉听了这两句，不觉心动神摇。又听道："你在幽闺自怜……"等句，一发如醉如痴，站立不住，便一蹲身坐在一块山子石上，细嚼"如花美眷，似水流年"八个字的滋味。忽又想起前日见古人诗中，有"水流花谢两无情"之句；再又有词中有"流水落花春去也，天上人间"之句，又兼方才所见《西厢记》中"花落水流红，闲愁万种"之句；都一时想起来，凑聚在一起。仔细忖度，不觉心痛神痴，眼中落泪。

这部论著认为"她（林黛玉）听到的戏文和想到的诗句、词句，大多写到了落花流水。这种景物描写形象地表达了'好景不长，青春易老'的愁思，从而情景交融地展现了一幅'幽闺自怜'的艺术画面，这就是意境。"[3]很清楚，这里说的意境是指林黛玉听到戏文联想到诗句、词句，引起愁思而产生的。换言之，意境是读者读了作者的诗文后经联想或想象再创造而出现的。

这种看法就混淆了意境、联想、共鸣等的关系，误将因意境而产生的联想等作为意境的组成部分。《红楼梦》这段描写，有意境、有共鸣，也有联想。但是，意境并不是通过林黛玉（欣赏者）的想象来完成的，而是意境引起林黛玉的共鸣与联想。这里展现的一幅渴望婚姻自由却受闺禁束缚而惆怅无奈之意境，是因《牡丹亭》中"姹紫嫣红开遍"都"付与断井颓垣"，"良辰美景奈何天"等唱词产生的，林黛玉"点头自叹""心动神摇"是与之共鸣的结果，其一切联想均由唱词之意境所引起。我们必须清楚，读者的共鸣与想象均属诗的意境之产物，不是意境的组成部分。所谓意境必须通过欣赏者想象再创造来完成的看法，正是因混淆此两者的关系而产生的错误观点，这种观点将一些学者导进了一个似是而非的不真实的胡同。"再创造"观点也必然会引发一诗具有多个意境之论。这不符合意境的创作实际。每首诗创造出来的意境都是诗人以特定的意、特定的境并用诗的生成方式创造出来的。意境属于诗本身的属性，与读者的欣赏或想象无关。读者的联想、想象是另一码事，并不会因读者领略的深度、差异或不同的联想而改变诗原有的意境。明确这一点很重要，这也是我们不同意意境具有"移情作用""通感作用"等观点的原因。

四、文体渗透与散文意境

意境是诗特有的艺术特色。但论及散文时，人们也常常谈到散文的意境。这似乎与我们的观点相矛盾。我们说散文的指归是记叙、明理、状物，其任务是将所言之理、所叙之事、所状之物展现在读者面前，散文文体本身不会创造出意境。但散文何以会出现意境？这是文体渗透的结果，是诗体渗透到散文中去了。

　　文各有体，各种文体都有自己的特点和长处，也有各自的局限性。这又为文体的相互渗透提供了可能性。因此，诗的文体有可能渗透到散文或其他文体中去，其他的文体也可能渗透到诗体中去。实际上，文体渗透就是一种文体将他种文体中于己有用的长处或优点吸收过来，以求得丰富和进一步的发展。这种渗透，古已有之。叶君远先生指出楚辞就受到诸子散文的深刻影响："战国以后，散文的句法进入新的发展阶段，渐渐变得复杂而严密，句子的平均字数增多……并且运用了大量的语气词，语言趋于口语化。屈原等楚辞作家大胆地吸取了诸子散文这种新的语言特点，创造了与新兴的散文接近的诗歌语言……"[12]而诗文体的特点渗透到他种文体的情况尤为显著，熊礼汇先生做过考查："韩柳创作古文，不但汲取先秦诗文之美而用之，还有意借鉴唐诗的艺术手法……"[13]因此，散文出现意境美并不与我们的观点相抵牾，文体渗透造就了散文的艺术美。近现代散文与诗相互渗透的现象就更加突出，自由体诗的出现就是这种文体渗透的典型，并出现了散文诗这种新体裁。

　　文体渗透既是艺术本身发展的产物，也是社会不断发展的结果。社会的发展促进了艺术的繁荣，促进了新的文体不断产生，艺术的繁荣也必然促进艺术间的借鉴与渗透。然而，文体渗透是有条件的，且受到严格的限制与约束。正像诗的跳跃性语言渗到散文中，散文出现了意境美，给文章以增色。但是效果不理想，就不要勉强行事，有些诗体语言是不宜渗入散文中的，如"香稻啄余鹦鹉粒，碧梧栖老凤凰枝"之类的诗句，就不能渗入散文中，因为这种诗体语言与散文无缘，在散文中没有它存在与生辉的土壤，它只会破坏散文的和谐美。

而散文向诗体渗透也必须遵循它的基本原则，即既要有助于冲破诗体束缚，也要有利于更好地表达诗意，绝不能无视或破坏诗独有的艺术特点。比如，新诗是散文渗透的诗体，关于新诗的长处与缺点，闻一多先生有过肯綮的分析，指出"新诗的格式是根据内容的精神制造的"，[14]它打破律诗的框框，是一大进步，但自由诗又有"抛去节奏方面的失败"的教训。[14]而从整体上看，意境是诗的核心所在，新诗的写作不能违背意境的创造规律。诗离开了意境的基本特性就不可能达到诗应有的"妙处"，也就无法成为真正的上乘诗作了。有人认为："新诗很大一部分是讲究激情抒发的，早已冲破了意境的美学原则。"这似乎是舍弃了诗的根本而谈诗，是欠妥的。关于诗的意境，王国维在《人间词话》中有过极其精辟的分析："境非独谓景物也，喜怒哀乐，亦人心中之一境界。故能写真景物真感情者，谓之有境界。"只要诗人讲究激情的抒发，新诗就不可能离开意境，如果新诗真的已冲破了意境的美学原则，这种新诗就不称其为诗，而变成别的文体了。诗是讲究意境的，意境是诗的独特的艺术。上述情况表明，文体在某种条件下是有渗透的可能的。散文之所以产生意境，正是诗的语言渗透到散文中去，散文作家借用了诗人的表现手法，得到了诗的因子，而使散文长出奇葩。

五、余　论

诗讲究意境，绘画讲究意境，雕塑艺术也讲究意境。本文讲的是诗的意境。诗是语言艺术，绘画与其他造型艺术却以笔画、线条或色彩来表现。笔者因对绘画与其他造型艺术缺乏研究，不敢妄论。但从直感分析，意境都有一个共同点，即意示性。诗的意示性以跳跃性语言创造，造型艺术的意示性也应是以跳跃性笔画或线条来创造的。说到底，意境可谓意中之境，也可叫做意示之境，即以意示来展现其艺术境界①。诗的意境之所以不以一般语法、语序写作方法来完成，因为诗"只可意会，不可言传"；造型艺术之意境不以细描细绘之手法来创造，因为细描细绘可以创造眉目毕肖的艺术，但这种艺术手法只能创造形象，创造生动的形象，却不能创造意境。因此，从广义来论意境：

意境就是以跳跃的语言、笔画或线条，用意示结构创造的艺术境界，即诗人、艺术家以意示手法成象所创造的艺术境界。

我们给诗的意境下定义时，在跳跃性的语言中加了"韵律"的限制之词。这里要说明一下，本文所说的"韵律"，不是专指诗中的平仄格式和押韵规则，也指诗的节奏与韵味。诗的意与味、味

---

①　与"只可意会，不可言传"意同。

与韵，诗的意境与韵律之间，都有相互影响的作用。旧诗体如律诗有严格的平仄与对仗要求，对诗语言的创造既起过积极的作用也产生过负面影响，新诗根据时代与语言的发展，凡有节奏有韵味的语言都可入诗，不囿于旧诗体的束缚，创造新诗的意境。闻一多的《死水》、郭沫若的《天上的街市》等，其意境皆令人叹为观止。我们认为，诗的节奏与韵味就是诗的一种韵律。

　　顺便一提，当下人们都在讨论诗歌的发展问题，有的学者将现在诗的"窘境"归咎于"人格与诗品的背离"、"堕落自恋"、语言"晦涩难懂""语言堆积"等[16]，言之有理。这些问题的出现，都与对诗的本质、意境的认识有关。诗是抒发情感、理想的。所谓"诗言志"就明确地揭示了这个道理。"人格与诗品背离"当然写不出好诗，"堕落自恋"更不能出现佳作，语言"晦涩难懂""语言堆积"与诗味的语言相悖。诗是一种艺术创造，它要以跳跃性的、有韵律的语言跳出诗意的新亮点才告完成，这是一种艰苦、特殊的劳动。苏轼说："作诗火急追亡逋，清（情）景一失后难摹。"这是对写诗的生动、绝妙的写照。诗的"稍纵即逝"的写作，实际上就是创造意境时的一种奇特现象，这种写作就像音乐家以音符去调写乐章一样精彩与艰苦。有人为了这种"精彩"，发出"两句三年得，一吟双泪流"的慨叹（贾岛语）。但是，一旦洞彻了这个"稍纵即逝"的奥秘，诗篇的信手而成也往往会给人以惊奇的喜悦，这是诗史及现实创作证明了或正在证明着的事实。

参 考 文 献

[1] 陈庆辉. 中国诗学 [M]. 台北：文史哲出版社，1994.

[2] 马正平. 五十年来意境研究述评 [J]. 云南教育学院学报，1986.

[3] 刘九洲. 艺术意境概论 [M]. 武汉：华中师范大学出版社，1987.

[4] 宗白华. 中国艺术意境之诞生 [C]. 中国古代美学艺术论文集. 上海：上海古籍出版社，1981.

[5] 朱德真. 从意境谈起 [J]. 艺术论坛，1983.

[6] 袁中岳. 意境问题质疑 [J]. 诗刊，1980.

[7] 意境条. 现代汉语词典 [M]. 北京：商务印书馆，1981.

[8] 意境条. 辞海 [M]. 上海：上海辞书出版社，1980.

[9] 李元洛. 诗歌漫论 [M]. 武汉：长江文艺出版社，1979.

[10] 毛泽东. 毛泽东选集·第一卷 [M]. 北京：人民出版社，1952.

[11] 叶燮. 原诗 [M]. 霍松林校注，北京：人民文学出版社，1979.

[12] 叶君远. 诗 [C]. 中国古代文体丛书，北京：人民文学出版社，1994.

［13］熊礼汇．先唐散文艺术论［M］．北京：学苑出版社，1999.

［14］闻一多．闻一多论新诗［M］．武汉：武汉大学出版社，
1985.

［15］孙绍振．给艺术革新者以更自由的空气［J］．诗刊，1980.

［16］潘晓彦．从中国诗歌发展规律观照当下诗歌的"窘境"与
"生机"［J］．文艺理论与批评，2005.

（本文发表于武汉大学学报（人文科学版）2007（01））

诗的本原是什么？

—— 兼谈写诗与评诗写作

张炳煊

一

诗是什么？众说纷纭，说来论去，都没有一个令众人满意的答案。古代有"诗言志""诗缘情"的说法，但如何"言志"，如何"缘情"，语焉不详，更有"诗无达诂"之说，更增加了诗的神秘感。于是，有人就凭着诗的自然形态来论诗。有人说，诗是分行排列的，是讲求语言凝练、韵律、对仗、平仄的，但语言怎样凝练，凝练的标准是什么，又没说出个所以然。查字典，其中的词条对诗的定义也差不多。诗歌的深层次核心问题没有弄清楚，那么多的诗是怎样写出来的？那就只好依样画葫芦，别人怎样写就怎样写，无非就是诗要分行排列，诗要有押韵、激情，等等。有些人学着、写着，的确把诗写出来了；有些人却写了多少年，也没有写出一首像样的诗。

为什么有些人能写出诗来，有些人却写不出来？因由何在？写出来的是因为作者照着诗的样子写而自觉或不自觉地符合了诗的规律,触动了诗魂,"缪斯"来了,则诗就篇成。写不出来的,是他只浮游于诗的表层,缺乏对诗之内质的研究,画虎画皮难画骨,写不出诗来,诗便告吹。因为搞不清诗究竟是什么,于是"乱象"丛生,形成诗的走样、诗的尴尬。

前些时,我读到某刊物上一篇题为《中国新诗何时走出乱象?》的文章。文章中说:"我从 20 世纪 80 年代就开始订阅一份国家级的诗歌刊物,我一直是将它作为诗歌的偶像来看待的,心中充满了崇拜和向往。然而大概从 90 年代末开始,我却对它的感觉开始有了距离。最近一两年,干脆就不怎样读它了,只是为了掌握一些诗坛信息而很不情愿地翻阅它。"原因是诗歌到处出现了"乱象",而这种"乱象","我发现几乎全国的报刊大多处于这种境况",并提出要找诗歌的"本原"①。这是一个十分关切诗歌问题者的真实感受,是从心底下倾泻出来之声,话说得朴实、坦然、真诚、悲伤,表达到位,真正反映了诗歌的现状并提出了解决的想法。一言以蔽之:诗是什么?一笔糊涂账。

作者提出要找诗的"本原"。说得太好了,直抵诗之真谛。每一种事物都有其"本原",这本原是由事物本身的特殊矛盾所构成的,如果对事物的矛盾不了解,就很难理解这一事物或去创造这一事物。那么诗的"本原"是什么?诗的秘密究竟在哪?

---

① 丘树宏:《中国新诗何时走出乱象?》文学报,2015-1-15.

古今的诗家都做过无数次的研究、探讨，我国历代的诗话就是例证。王国维就曾指出"词以境界为最上。有境界则自成高格，自有名句"①，其他诗家也多涉及此问题，提出诗要写出境界，可惜没有引起高度的、应有的注意。论诗阐述得更为深刻与精辟的，当推叶燮，他在《原诗·内篇》②中说："诗之至处，妙在含蓄无垠，思致微渺，其寄托在可言不可言之间，其指归在可解不解之会，言在此而意在彼，泯端倪而离形象，绝议论而穷思维，引人于冥漠恍惚之境。"并引杜甫"碧瓦初寒外""晨钟云外湿"等诗句进行了独到的辨析，作了详尽的论证。

叶燮对诗的特殊性的阐述表明，诗要具有境界之美，才到达它的"至处"，才谓之诗。而这种境界，妙在"含蓄无垠，思致微渺"，就是说，这种境界不能仅用一般的语言逻辑、一般的语言结构来达成。其语言是"寄托在可言不可言之间"，"指归在可解不可解之会"的。这种境界之所以难以用一般语言来形容、来表达，因为运用一般语言写作可以创造出生动的形象，但不可能出现诗的艺术境界，诗的境界的妙处是"只可心领，不可言传"。清楚了这一点，便找到了诗的核心、灵魂。我们通常称这种境界为意境。这是诗与其他文体的根本区别，是写诗成功与否的要害。认识到意境的实质，也就找到了诗的"本原"。

---

① 郭绍虞主编：《中国历代文论选》下册，中华书局1963年版，第436页。
② 叶燮著，霍松林校注：《原诗·内篇》，北京人民文学出版社1979年版。

二

叶燮之论，可以说是"只可心领，不可言传"的诗之妙处的注释，它正是利用这种跨越式、跳跃式的表现手法，引人进入诗的境界，抵达诗的"本原"。

我们且以唐代诗人张继的《枫桥夜泊》①来探讨诗的构成特点及意境产生的奥秘：

枫 桥 夜 泊

张继

月落乌啼霜满天，江枫渔火对愁眠。

姑苏城外寒山寺，夜半钟声到客船。

第一句，将"月落""乌啼""霜满天"连缀成句，是典型的诗的跳跃性语言结构。第二句如果用现代语法分析，"江枫""渔火"并列组成主语，但诗的含义并非如此，"对愁眠"的主语是人（旅客），诗人却隐去了。第三、第四句"姑苏城外寒山寺，夜半钟声到客船"好理解，但它也是以自诗体的结构方式组成的，它的主谓语顺序不合语法，如果将它译成白话："客船是在寒山寺夜

①　王启兴主编：《诗粹》，长江文艺出版社 1994 年版。

半钟声中到达姑苏城外岸边的。"这样就符合语法了，但文句的味道不同了，诗味没有了。这首诗传诵了上千年，因为它创造了一个羁旅者因听到寒山寺钟声而产生复杂情感的耐人寻味的意境。

近年来也有一首写了"枫桥"的歌，名叫《涛声依旧》，诗歌，诗歌，如果去掉曲谱，就是一首自由体诗。现将这首诗记录如下：

带走一盏渔火，让它温暖我的双眼。
留下一段真情，让它停泊在枫桥边。
无助的我，已经疏远了那份情感，
许多年以后才发觉，又回到你面前。

流连的钟声，还在敲打我的无眠，
尘封的日子，始终不会是一片云烟。

久违的你，一定保存着那张笑脸，
许多年以后，能不能接受彼此的改变！

月落乌啼，总是千年的风霜。
涛声依旧，不见当初的夜晚。

今天的你我，怎样重复昨天的故事，

这一张旧船票，能否登上你的客船？

这首诗的影响遍及南北，多少人品味着，感动着，就在于它写出了恋情的酸甜苦辣境界，读之令人觉得欲罢不休。现将全诗录下，是为了揣摩诗的特点。

这首诗冲破了近体诗严格的平仄格律限制，然而，从整体上看，它的抒写用语还是"寄托在可言不可言之间"，达到其"指归在可解不可解之会"，引人进入朦胧美之境。《枫桥夜泊》与《涛声依旧》写的主题不同，诗体不同，但它们都撼人心灵，原因是这些诗以诗的意境给读者以诗之美的享受。换言之，这些作品都是以字句或段落的跳跃性语言，运用意示手法创造意境成诗的。语言是发展的，而诗必须要具意境，所以说，无论古体诗、近体诗或自由诗都需写出意境才可称为诗。

古代诗人写诗是这样，要这样的。如今，所有自由诗的写作也一样，一样需要创造意境，郭沫若的好诗，田间、艾青、殷夫、臧克家的成功诗作，无一不是借助意境这一诗魂写作而成的。

三

明确了诗是以创造意境来反映生活的一种文体，就找到了诗的"本原"，抓住了诗的本质，便可廓清诗歌一切杂乱现象。诗坛出现乱象，有多方面因素，但主要是对诗歌的意境的认识与理解不同而造成的，有些作者将一些生僻艰涩的字词堆砌成句，堆不出意境，还以为是诗，有些诗作将白话散文分行排列成诗，有些人甚至以为："新诗很大部分是讲究激情抒发的，早已冲破了意境的美学原则"①，忘记了王国维早就说过"喜怒哀乐，亦人心中之一境界"②。某些编辑，对一些似是而非的诗作，真伪不辨，付梓刊发推销。更有一些评论家，脱离诗的"本原"，随自己的想法来作诗评诗说，将一些伪诗、赝品诗乱点乱吹，乱评乱说，推波助澜。

凡此种种，诗坛怎不出现"乱象"！

有无意境是诗与其他文学体裁的重要区别，诗无论是写自然的或社会方面的，都要有意境。倘使写出来的诗没有意境，那就不是诗，而是别的文体了。例如，散文，它只是记叙、明理、状物或抒情，它的主旨是将所叙之事、所言之理、所状之物、所抒之情展现在读者面前即可；有些散文也产生意境，但这是诗语言渗透到散文语言中的结果，非散文所固有，这样虽会给散文增色，但改变不了散文的本质。诗则不然，诗的要求不是一般客观的叙述或议论，它需有"象外之境"，呈现出"蓝田日暖，良玉生烟"的景象，读者对它的主旨却是了然于心的，所谓诗"只可意会，不可言传"也。

写诗之难，难就难在创造意境，每首诗都必须要诗人以跳跃性的语言，运用意示的手法去创作，必须符合诗语言的内在规律。前面我们提到过写诗的对仗、平仄、韵律等，当然，韵律对于诗很重

①　孙绍振：《给艺术革新者以更自由的空气》诗刊，1980-9。
②　郭绍虞主编：《中国历代文论选》下册，中华书局 1963 年版，第 437 页。

功或失败，都该是无怨无悔的，真理自能析辨是非真伪。"我的学识有限，是耶？非耶？请方家批评指正。

在这里，我要感谢：

感谢诸位师友的热情鼓励。

感谢武汉大学人文社会科学研究院的深切关怀与支持。

感谢武汉大学文学院博士生导师、中国古代散文学会前任会长熊礼汇教授为本书作序。

感谢武汉大学出版社的精心策划与出版。

作者于 2022 年冬

参考书目

1. 《中国古代美学艺术论文集》，蒋孔阳主编，上海古籍出版社 1981 年版。

2. 《毛泽东选集》第一卷，《毛泽东选集》编辑部，人民出版社 1964 年版。

3. 《原诗》，（清）叶燮著、霍松林校注，人民文学出版社 1979 年版。

4. 《诗粹》，王启兴主编，长江文艺出版社 1994 年版。

5. 《历代诗话》，（清）何文焕辑，中华书局 1981 年版。

6. 《论诗》，蒋祖怡、蒋伯潜著，广东人民出版社 1986 年版。

7. 《中国历代文论选》，郭绍虞主编，中华书局 1963 年版。

8. 《诗林广记》，（宋）蔡正孙撰，中华书局 1982 年版。

9. 《诗经主题辨析》，杨合鸣、李中华著，广西教育出版社 1989 年版。

10. 《诗经选》，余冠英注译，人民文学出版社 2003 年版。

11. 《诗与禅》，程亚林著，江西人民出版社 1998 年版。

12. 《中国诗歌艺术研究》，袁行霈著，北京大学出版社 1986
年版。

13. 《关于写诗和读诗》，何其芳著，作家出版社 1956 年版。

14. 《艺概》，（清）刘熙载撰，上海古籍出版社 1978 年版。

15. 《先秦两汉诗学》，孙家富著，湖南人民出版社 2000 年
版。

16. 《历代诗话论诗经楚辞》，蔡守湘主编，武汉出版社 1991
年版。

17. 《钱注杜诗》，（清）钱谦益笺注，上海古籍出版社 1979
年版。

18. 《中国古代文论家评传》，牟世金主编，中州古籍出版社
1988 年版。

19. 《诗品集解·续诗品注》，司空图、袁枚著，郭绍虞辑注，
人民文学出版社 1981 年版。

20. 《闻一多论新诗》，武汉大学闻一多研究室，武汉大学出
版社 1985 年版。

21. 《中国新文学史初稿》，刘绶松著，人民文学出版社 1979
年版。

22. 《诗歌漫论》，李元洛，长江文艺出版社 1979 年版。

23. 《李商隐诗选》，安徽师范大学中文系，人民文学出版社
1978 年版。

24. 《中国诗学》，陈庆辉著，台北文史哲出版社 1994 年版。

25.《〈唐诗三百首〉词义辨难》，汪贞幹著，香港天马图书有限公司 2008 年版。

26.《唐宋八大家文章精华》，刘禹昌、熊礼汇译注，荆楚书社 1987 年版。

27.《中国古代名句辞典》，陈光磊等编著，上海辞书出版社 2002 年版。

28.《文心雕龙校注》，刘勰著、杨明照校注拾遗，中华书局 1959 年版。

.